COSMO NOVELS

平成愚連艦隊

—1 時空を駆ける魔王—

羅門祐人

本文イラスト・上田　信

CONTENTS

《独立愚連艦隊》とは……

ワシントン軍縮条約違反とされたことから歴史の荒波を漂流することになった戦艦陸奥は、とりあえず実験艦として竣工した。だが昭和八年の大爆発事故により、スクラップ化の運命をたどる……はずだったが、民間大手の海南造船所が軍艦建造のノウハウを得ようと、払い下げを申し出た。海軍工廠は軍機を守ろうと妨害工作を企て、これに腹を立てた**海南倉吉**社長は造船屋の意地とばかりに、研究所長の**橋本博士**に特異な学識（マッド・サイエンスともいう）で完成を急がせた。**愚連艦隊旗艦・実験空母「陸奥」**の誕生である。陸奥には複合和紙装甲（和紙を張り合わせて軽く丈夫にした。バルジ等に使用）など安価で効率的な技術が用いられた。

海南製軍艦は駆逐艦などを含め二十六隻が建造された。が、無論誇り高い連合艦隊ではなく、とりあえず海軍総司令部の指揮下に配属され、「特別実験艦隊」と呼ばれた。司令官は**大官寺重蔵**退役少将。この大官寺、坂本龍馬の海援隊の生き残りなどという喰えない爺さん。この爺さんに取り憑いた悪運が、歴史を大きく動かしていく。

この爺さんの面倒を見るヒゲの鍾馗様が**轟勘太**参謀長。顔に似合わず秋月文子とのロマンスもある。加えて海軍兵学校で下位から一、二位を争った落ちこぼれの**寺中雪之丞**少尉は、さながら愚連艦隊の使い走り《パシリ》である。これらのメンツが最初に飛び込んだ戦場がミッドウェイだった。

ミッドウェイでは空母運用のミスから大打撃を被った連合艦隊第一航空艦隊を、**弓月謙太郎**隊長率いる陸奥飛行隊が助け、アメリカ艦隊を完膚無きまでに叩き潰した。この弓月、元は赤城の戦闘機隊隊長だったが、理不尽な上官とケンカを起こし、愛刀で叩き斬ったという強者である。

ミッドウェイでの手柄が認められ正規の艦隊となったが、連合艦隊はメンツから編入を許さず、独立した艦隊と位置付けられた。続いてガダルカナル島上陸作戦では、ヘマ続きの陸軍に代わって**笹本和広**隊長率いる陸戦隊が大活躍。ちなみにこの陸戦隊、全員が正真正銘のオカマ。米兵は別の意味の恐怖に泣いたという。こうして艦隊には任務不服従、脱走、酒乱、殺人犯、男色家などが集まるようになり、**「愚連艦隊」**を名乗るようになる。もちろんマークは丸に愚の字である。

華族や財閥のお嬢様たちで構成される**特別女子報国隊**も参加し、**宮小路彩子**を先頭に大混乱を巻き起こす。彼女たちのお目付役は格闘技フェチの**轟麗**（参謀長最愛の妹）である。

アメリカも負けっぱなしでいるはずがない。世界最大のコングロマリット、シュナップ家が**アラン**、**マリア**の兄妹を司令官に私有艦隊を引き連れ、今や見る影もない連合艦隊にではなく、米海軍の拿捕艦艇を次々に傘下に入れて大膨張を遂げた愚連艦隊に、一大決戦を挑んだのだ。

戦いは長く続いたが痛み分けに終わり、両者は協力してドイツ帝国と戦うことになった。時の大統領トルーマンはドイツに亡命政権を樹立。アメリカはシュナップ家の当主**グランド**とその**妻**が、東西を分割して統治するシュナップ帝国となった。

ドイツ帝国との決戦は、またしても愚連艦隊の勝利となった。ヒトラーの世界制覇の野望は潰え、世界は愚連艦隊のもとに平和を得て、メデタシメデタシとなったはずが、巨大な原爆が……。

かつて、とある歴史の流れにおいて、世界征服をなし遂げた軍事集団がいた。

彼らは持てる軍事力を最大限に生かし、押し寄せる列強をことごとく打ち破り、ついには敵の国家すら瓦解させてしまった。

だが彼らの栄光は、そう長くは続かなかった。なぜなら、すべての戦いが終了してほどなく、彼らは北米に近い大西洋の一画で、忽然と姿を消したからである。

残された者たちは、口をひそめて囁きあった。

『愚連艦隊は、天罰を食らったんだ』

神をも恐れぬ所業の末だけに、誰もがその言を信じた。

だが、真実は違っていた。

彼らは文字通り、神をも恐れぬ魔王の力により、あらたな活躍の場——時空を越えた別の宇宙を提供されたのである。嗚呼、愚連艦隊よ、永遠なれ。

大宮寺重蔵・著
独立特務艦隊航海日誌・第八巻末尾より抜粋

プロローグ

一

昭和二一年四月一五日　謎の三角海域

「……ん？」

　グランド親父と談笑していた大官寺《だいかんじ》重蔵《じゅうぞう》・愚連艦隊司令長官は、ふと耳を澄ました。

　ここは謎の三角海域として有名な、北米フロリダ沖——バミューダ海域。

　ついに全世界に対し勝利した愚連艦隊は、晴れて、艦隊員である寺中雪之《てらなかゆきの》丞《じょう》大佐と宮小路彩子《みやのこうじあやこ》少佐の艦上結婚式を開催した。

　本来なら戦勝パーティーを開くところだが、大官寺が『めでたいことは一緒にやると、倍めでたい』と、わけのわからぬ理屈をこねたため、しかたなく日米戦勝国の重鎮を集めて、戦勝式兼結婚式が執り行なわれる次第となったわけだ。

　そして大官寺のつぶやきは、式の最中での出来事だった。

「どうしたのだ？」

　いつものカウボーイハットをかぶった、東部アメリカ帝国皇帝——エプシュタイン・サー・ミリオネア・インペリオル・グランド・ヨーゼフ・シユナップリントが、大官寺らしくないと怪訝《けげん》そうに見ている。

もっとも、皇帝といえば聞こえはいいが、実質的には民主国家の永世大統領のようなものだ。西部アメリカ帝国の女帝が彼の奥さんなのだから、あまり支配者然としていると、あらぬ民衆の反乱にあう可能性が高い。そのため、なおさら大統領のふりをする必要があった。

そこはそれ、もとから全米屈指の巨大軍事企業をあやつる会長と副会長だった夫婦だけに、人心掌握に関してははたけているようだ。

「いや、なにか聞こえたような……」

首をかしげながら、大官寺は、しきりに不思議がっている。

——その瞬間。

空母『陸奥』の直下で、桁《けた》はずれのエネルギーが解放された。

すべてのものが、白熱する光輝に包まれていく。

そこにいたのは、巨大潜水艦ポセイドニア。

第三帝国の夢敗れたヒトラーが、最後の仕返しとして乗り込んできた、世界初の黒鉛チャンネル炉型原子力潜水艦だった。

艦内に起爆用原爆と、水爆の原料である重水素・三重水素を数百トンも詰めこんだ、自爆専用五〇〇メガトン核潜水艦——これ以上ないほど凶悪な、人類史上稀にみる自爆特攻兵器である。

それが起爆したのだから、タダでは済まない。

大官寺が聞いたのは、一二〇〇メートルもの海水を突き抜けて届いた、ヒトラー最後の呪詛《じゅそ》——いわゆる『テレパシーみたいなもん』だった。

「なんじゃ、こりゃー?」

大官寺の声すら、膨大な光の奔流にかき消された。

「彩子、輝いてるよ」

たちまち輝度を増した純白のウエディングドレスを見て、雪之丞がまぶしそうに囁いた。

すべてのものが、白く輝き……。

だが……。

不思議なことに、巨大水柱も大津波も、成層圏を突き破るキノコ雲も起こらない。

なにせ、五〇〇メガトンの爆発である。

地球全体が壊滅するほどの大気変動を巻き起こし、核の冬が発生して、あらゆる生命が絶滅の危機に瀕してもおかしくないほどの威力なのだ。

しかし……。

地獄の魔王は、まだ、この世に未練があったらしい。

そのため、ほんのちょっと、物理の法則に悪戯《わるさ》をした。

あまりにも常軌を逸した爆発力のため、超水爆は愚連艦隊と地球を破壊せず、時間と空間の壁を破壊してしまったのだ。

奇跡と偶然と魔王のたくらみにより、愚連艦隊は、時空の裂け目に吸い込まれてしまった。

ああ、時の因果率から解き放たれた、愚連艦隊の行方は何処《いずこ》へ……。

＊

ところ変わって、ここは房総半島東方沖――。

知る人ぞ知る、幾多の船舶を呑みこんだ魔の海域である。

被害船のすべてが行方不明のため諸説紛々しているが、一説には、そこが三角海域のため、北米にあるバミューダ海域と共通する消失現象だという者もいる。

さすがに科学者はこれを容認せず、遭難の原因は、そこに発生する巨大な三角波によるものと反論したが、それとて実際に目撃されたわけではない（三角波により被害を受けたタンカーなどは実在するが、単艦消失した船の目撃談はない……これってあたり前だけど、詭弁にしかならん）。

二〇世紀末には、海底に存在する膨大なメタンハイドレードの暴沸現象により、凄まじい量の泡が発生、それにより浮力を失って沈んだとの新説まで飛び出したほどだ。

その、平成時代の科学力をしても解明不可能な現象が頻発する海域へ、消失ではなく、忽然と現れた艦隊があった。

今日《きょうび》、日本列島周辺部の海域は、分厚い洋上監視網によって見張られている。

日本初のスパイ衛星まで使っての洋上監視は、表むきこそ海上保安庁の管轄となっているが、実質的には自衛隊や在日米軍の独擅場《どくせんじょう》であり、なおかつ総理府が最終的に権限を持つ、国家として最高度の国土防衛任務となっている（海保は国交省の管轄）。

当然、忽然と現れた謎の艦隊は、瞬時にして、排他的経済水域内の不審船として認識され、海上保安庁と海上自衛隊・航空自衛隊による、海空合同の監視が始まった（在日米軍も、レーダーや海底音波探知装置などで監視しているが、すぐに情報を回してくれない）。

不審船に対しては、多銃身機関砲の連射や爆弾まで落としたことのある海保や海自だけに、相手が退去命令に従わなければ、実質的に戦争するのと同じことになる。それくらい国家の支配する海域への侵入は、たいした事件なのだ。

だが、最初に現場へ到達した海自のＰ－３Ｃが発見したのは、某国の武装不審船や、某アジア大国の海洋調査船などではなかった。

それは平成時代に存在するはずのない、六隻もの戦艦、一〇隻もの空母を従える総数百隻以上の大艦隊だった。

最初、Ｐ－３Ｃのキャプテンは、眼下にアイオワ型戦艦がいるのを見て、米海軍のニュージャージーが所属する艦隊かと思った。

なにしろ世界広しといえども、現時点で戦艦を保有する国家はアメリカ合衆国だけである。だから、そう信じたのも無理はない。

たぶん中東情勢の変化にともない、日本近海を経由して、ふたたび湾岸へむかう秘密任務の部隊――混沌とするイラク戦争の後始末に苦慮する米軍だけに、またキレて、トマホークを大量にぶちこむ気か……。そう思った。

だが……。

キャプテンの確信は、数秒後に崩れ去った。

なんと眼下には、アイオワ型戦艦が二隻いたのだ。

しかも、他にサウス・ダコタ型戦艦らしき別の四隻もいる。

どう逆立ちして見ても、第二次世界大戦時の米海軍部隊である。実際にＰ－３Ｃが宙返りしたかどうかは定かではないが、それくらいの衝撃を受けたことは確かだった。

この世にあってはならない艦隊が、日本の支配海域で泳いでいる。

しかも詳しく確認する前に、雲霞《うんか》のごとく艦上機が直掩に上がってきた。

　すべてプロペラ式の戦闘機だったが、Ｐ－３Ｃもプロペラ機のため充分に脅威となる。あわてて、国際緊急回線で交戦停止を叫んだが、相手はウンともスンとも言ってこなかった。

　しかたなくキャプテンは、見たままを海自の無線回線で緊急通報し、ただちに退避行動へ移った。そして、海自の無線周波数で送られた報告が、その後の日本を大混乱に陥れたのである。

　その報告の核心部分を、そのまま掲載する。

　キャプテンは、よほど腰を抜かしていたのか、日本語による口語調の報告となっている。この異常さを見ても、彼の驚きを察すべきだろう（通常は英語で、しかも一定の報告形式となる）。

『……レシプロ機専用らしい中型空母、どう見てもミッドウェイ級やエセックス級の初期型にしか見えんが……ただし飛行甲板には、でっかいマークが描かれている。国籍は不明だが、太い丸に囲まれた愚という漢字……あれは、丸愚だ！』

　丸愚……いくら気が動転していたとはいえ、あまりにも情けない報告である。

　むろん彼が見たのは、時間と空間、ついでに時間流そのものまで飛び越えてしまった、あの愚連艦隊の勇姿であった。

　とはいっても、こちらの世界に愚連艦隊が活躍した歴史は存在しない。

　だから報告を受けた誰もが、『丸愚』が何を意味するか理解できなかった。

　――これにて愚連艦隊の物語、一巻の終わりである（ほんとか？）。

　かつて、こう記した書物があった。

　だが（　）内の疑問形のほうが正しかった。案の定、終わりではなかったのである。

＊

同時刻――。

場所は、愚連艦隊総旗艦・戦艦改装空母『陸奥《むつ》』艦橋。

「うーむ、けったいな形の航空機じゃなー。いつのまに帝国海軍は、あんな偵察機を作ったんじゃろ」

双眼鏡を覗きながら、大官寺重蔵司令長官が、妙に感心している。

太平洋戦争時代の人間がP－3Cを見れば、たしかに奇妙な航空機と思うだろうが、大官寺がいうと別の意味に聞こえるのは、たんなる贔屓《ひいき》の引き倒しだろうか。

横から、艦隊副官でもある轟勘太《とどろきかんた》参謀長が、やきもきした態度で大官寺へ声をかけた。

「長官。そんなことより、なんでバミューダ海域に、帝国海軍の基地航空機が飛んでいるのか、そっちのほうが気になりませんか？」

P－3Cは、どう見ても艦上機ではない。

さすがの轟も、あれが海自の航空機などと推測することはできないため、頭から帝国海軍機と勘違いしている。さらにいえば、いまいる場所が房総沖にジャンプしているなど、夢にも思っていないに違いない。

そもそも、誰も自分たちが時空・時間流跳躍をしでかしたなど知らないのだから、それも当然である。すべて、ヒトラーが悪い。

ともあれ、（艦隊内時間では）数時間前に終わった結婚式のため、轟自慢の黒髭は整えられている。

しかし全体的に見れば、いつもの迫力のない鍾馗《しょうき》様そのものである。鍾馗様は、昔でいえば疫《えき》病《びょう》を防ぐありがたい神様だが、こちらの鍾馗様は疫病神《やくびょうがみ》に近い。魔王・大官寺に仕える一の子分といったところか。

たしかに数時間前、白光に包まれる直前まで、大官寺たちはバミューダ海域にいた。

そこは新生したアメリカ帝国の支配海域であり、帝国海軍の空母艦上機はいても、基地航空機は絶対にいないはずである（いちおう愚連艦隊と帝国海軍は、共同戦線を張っていた）。

なのに、いま双眼鏡の中で飛んでいる奇妙な尻尾を生やした航空機は、赤丸を白い枠線でかこんだ、かなり遠慮がちの日の丸を付けている。愚連艦隊ですら日の丸は付けていないのだから、世界広しといえども、あの航空機は帝国海軍機以外にはありえなかった。

「寺中雑務参謀、どう思う？」

背後で彩子といちゃついていた寺中雪之丞に、轟参謀長が訊いた。

寺中も大佐となり、なにか役職をやらねばと考慮した結果、艦務参謀の補佐をする意味で、雑務参謀という名の新しい職務を授けられていた。ようは参謀の小間使《パシリ》いである。これでは、以前とまったく変わりない。

「はへ？」

どうやら、まったく話を聞いていなかったらしい。

結婚して数時間では、まあ無理ないか……。

話を続ける気力を失った轟は、次に、顔面に火傷の跡も生々しい山本五十六《やまもといそろく》客員参謀へ、助言を求めた。

「どう、思われます？」

数奇な運命に弄《もてあそ》ばれ、以前とは顔貌すら完全に変わってしまった山本だが、どうやら記憶だけは取りもどしたらしい（数奇な運命云々については、『独立愚連艦隊』シリーズを参照のこと）。

「帝国海軍機なら、我々を見て逃げるような態度は見せないはずだ。だが……日の丸は大日本帝国の象徴だから、他国の機ではない。矛盾した答だが、それ以上のことは、なにもわからん。それよりも、無線通信の異常の件はどうなったのだ？」

まだ客員参謀の身分に慣れていないため、言葉遣いが偉そうに聞こえる。

あまり長く偉い地位にいると、格下げになったときに混乱する典型例である。

なにしろ山本は、轟が少尉の時、すでに中将だったのだ。落ちるところまで、落ちたもんである。

ともかく、晴れて（曇って？　いや、土砂降りのような気が……）愚連艦隊の客員参謀となった山本は、数時間前から発生している無線室の混乱のほうを気にしていた。

白光に包まれた直後から、愚連艦隊が傍受できるあらゆる周波数において、意味不明の通信が湯水のように溢れている。

その大半が、愚にもつかぬ民間人の雑談であり、そうでなければ東南アジアの漁船のものらしい交信だった。

さらにいえば、ホワイトノイズにしか聞こえない凄まじい高出力雑音が、全帯域に満ちている。たしかに電波は出ているのだが、いかに変調しても雑音にしか聞こえないのだ。

平成時代の人間であれば、トラックや漁船の違法ＣＢ無線とか、各種のデジタル通信波（および、その輻射波）だと気付く者も多いのだが、第二次世界大戦時代の人間では、想像することすら難しかった。

　このままでは作戦行動はおろか、艦隊航行にも支障をきたすと心配した山本は、先ほどから原因究明を最優先にするよう、通信参謀と一緒になって奮闘している最中だった。

「なにもわかりません。ただ、米国から分捕った新発明の超短波無線機を試してみたところ、五〇メガヘルツのＡＭ波で、かすかな日本語の応答が確認されたそうです。超短波は水平線を越えて届きませんが、時おり電離層で乱反射を起こす性質があるそうで、そうなると、かなり遠方まで届くそうです」

　超短波であっても、電離層の一種であるスポラディックＥ層が発生すれば、日米や日豪間の交信も可能となる。これは、アマチュア無線の世界では常識である。

「それで、なんと応答してきたのだ？」

　肝心なことを言わなかった轟を、山本は見のがさなかった。

「それが……なんだかわかりません。相手は、自分の局名をＪＨ６なんとかと名乗っていました。あと、ポータブル２とかの暗号らしき用語も頻発しております。でもって悩んでいるうち、聞こえなくなってしまったそうです」

　どうやら、伝えるほどの内容ではなかったらしい。

　ちなみに『ＪＨ６』とは、アマチュア無線のコールナンバーの頭三文字で、その後に個人局を示す数個のアルファベットが続く。ＪＨともなると、相当の古株だ。『６』は九州を意味し、ポータブル

2は東海地方へ移動していることを示す。つまり、暗号などではないのだが、そんなことを轟が知るよしもない。

ようやく納得した山本は、大官寺のほうを見た。

「長官。ともかく、艦隊を停止させてみませんか。これほど不可解なことが連続するのは、なにか異常なことが起こっている証拠です。こうした場合は、むやみやたらと動くのは危ない。少なくとも、私はそう思います」

山本の真摯《しんし》な進言を、大官寺は鼻で笑った。

以前から山本の天敵だった大官寺だけに、素直に『はい』と言うことを聞くはずがない。

「馬鹿こくでないわい。状況打破をしたければ積極的に動けと、あのハルゼーも言うとった。じっとしとると、状況は悪くなるばかりじゃ」

こんな場面で引き合いに出される、ハルゼーも可哀想だ。

そう言うや、いきなり航行参謀へ命じた。

「愚連艦隊針路そのまま。全速!」

無茶である。

たしか御歳九〇になるはずの大官寺だが、覇気といおうか天性の無茶ッ気は衰えていない。

その時――。

艦内スピーカーを通して、無線室から連絡が入った。

『米帝国海軍の緊急周波数……あ、これは旧合衆国海軍と同じものですが、それにて平文の電信連絡が入りました。内容を読み上げますが……完全に意味不明ですので、そのおつもりで聞いてください』

わざわざコメント付きで、通信室長が連絡してきた。

それだけ異常な内容なのだろう。

引き続き、内容の朗読が始まった。

『……日本国の排他的経済水域内へ侵入中の国籍不明艦隊へ告ぐ。こちらは、海上自衛隊・横須賀司令部。貴艦隊は、日本国の排他的水域に侵入している。艦影より米国海軍籍と思われるが、在日米軍では関知していないと返答をもらった。

そこで所属確認のため貴艦隊の一時停止を命じ、国際法に基づく臨検を行なう。実施は海上保安庁の巡視船が行なうが、海上自衛隊の艦も周辺警護のため接近する。よって、無用の抵抗などは控えるよう希望する。

もし命令を無視したり反撃したりすれば、我々には、国際法に基づく自衛権の行使を発動する用意がある。そのような不慮の事態が発生しないよう、不用意な行動は厳に慎んでもらいたい。臨検は、一時間後に行なう。以上、海上幕僚長・大泊《おおどまり》真吾《しんご》』

報告を受けた艦橋は、さすがに静まりかえった。

相手は電信による通信を送ってきたため、発信者の声は聞こえない。それだけに、機械的に読み上げる通信室長の声が、なおさら意味不明に感じられた（すでに平成時代の日本では、海洋無線通信に電信を使用していない。海自は、わざわざ倉庫入りしていた打信機と電信用無線機を探してきたのだろう。ご苦労なことである）。

沈黙を破ったのは、やはり大宮寺だった。

「山本客員参謀。海上自衛隊って、なんじゃいな。商路護衛の新設部隊か？」

帝国海軍に、『自衛』と名のつく常設艦隊はない。作戦艦隊に『護衛』とつくものはあるが、『自衛』は絶対にない。軍艦が自衛するのは本末転倒しているからだ。軍は『他者』を護衛するものである。

そういった解釈からすると、『他衛隊』や『護衛隊』はあっても自衛隊はありえない。まさか、国家が自衛するための軍などというややこしい意味……そうでなければ、言わなくてもあたり前の意味でしかないものを付けているなど、だれも思わないだろう。

なのに相手は、横須賀鎮守府にそれが存在すると言ってきたのである。

しかも通信主は、海上幕僚長とか言っている。

幕僚といえば軍首脳部のことだから、どうやら参謀総長の意味らしいが、横須賀鎮守府にそのような人物がいるとは聞いたことがなかった（現代であっても、幕僚長が横須賀に常駐しているわけではない。通常は、東京の海上幕僚部にいる。発信したのが横須賀基地だったため、やや混乱した状況になっているようだ）。

「さあ……」

さしもの山本も、首を傾げている。

しかし、なにか一言ないと気がすまない性格のため、あえて口を開いた。

「まあ、相手が臨検すると言うのですから、素直に受けられたらいかがでしょう。どう考えても、連中は日本の海軍らしいですから、ここで武力に訴えるのも馬鹿げています。しかも相手と会えば、この不可解な状況も理解できるかもしれません」

まさに正論である。

さすがに大官寺も、これを無視して攻撃命令は出せない。

いや、出すかも知れないが、今回ばかりは出す気がなかったようだ。

好奇心が旺盛なことにかけては、大官寺の右に出る者はいない。すなわち大官寺は、相手に興味を持ったから傍観する気になっただけの話であり、死んでも、山本と意見が一致したとは認めないはずだ。

「全艦、停止。ただし直掩隊のみは、交代で上空警護に当たれ。これより我が艦隊は、大日本帝国の臨検を受ける。無謀にも我が艦隊に命令などしおって、楽しみなことじゃ……うほほほほ」

大官寺は、相手が日本国と告げたにもかかわらず、わざわざ大日本帝国と言い直して伝えた。

そこの違いに気付けば、もう少し早く事態を把握できたのだろうが、いかに大官寺といえども、それは無理というものだ。愚連艦隊の常識からすれば、日本国イコール大日本帝国である。

やけにまともな命令を下した大官寺を見て、轟の顔色が暗くなった。

なにしろ大官寺が真面目な態度を見せると、ろくなことが起こらない。それを、身に染みて判っている参謀長であった。

一時間後……。

海自の花形——第一護衛群に護られた海上保安庁の巡視船『伊豆』が、ちっぽけな艦隊を組んで現れた。

それでも、七二〇〇トン級イージス護衛艦『きりしま』や、ヘリコプター護衛艦（DDH）『しらね』が出てきたのだから、第一護衛群八隻のオンパレードである。

ただ、百隻以上、しかも四万五〇〇〇トンを越える巨大空母ミッドウェイ級すら従えた愚連艦隊に比べれば、あまりにもみすぼらしい。

愚連艦隊から見れば、軽巡主体の駆逐戦隊レベル……。

いず
PL31

それは涙が出るほど、ささやかな出迎えだった。
そして、大混乱の日々が始まったのである。

二

二〇〇X年五月二〇日　伊豆半島南方海上

「ですから、いまの日本は象徴天皇制であって、立憲君主制……いわゆる帝国ではないんです。日本はアメリカとの戦争に負けて、ただの日本国になりました。新しい憲法もGHQにもらい、いちから出直したんです」

　生真面目な顔で説明する大泉俊一郎首相を前に、大官寺が仏頂面を見せている。

　日本国首相である大泉は、持ち前のパフォーマンスを発揮して、ようやく大官寺との単独首脳会談に漕ぎつけたのだが、それまでが大変だった。

　こうして首相が、空母『陸奥』の会議室まで出かけてきたのも、愚連艦隊を日本領海内へ入れないための方策である。姑息《こそく》なようだが、それはそれで政府も良くやっていると評価できる。

　ともかく、海自と海保による臨検の結果、相手が正真正銘の、旧帝国海軍とは一線を画する独立艦隊――独立特務艦隊であることが判明して以来、一カ月のあいだ、てんやわんやの大騒ぎとなった。

最初は悪い冗談だと思っていたマスコミも、たかが冗談のために百隻もの旧式軍艦をでっちあげる者などいないと気付くや、あらためて真相究明に乗り出した。

　その結果、各分野の意見を総合し、何日も朝や昼のワイドショーで討論をくり返した揚げ句、どうも違う歴史の流れから飛びこんできた、『時の漂流者』らしいという結論に達したのである。

歴史上に存在しない艦隊が、忽然《こつぜん》と現れた。

この事実は、もはや変えようがない。どう逆さにしても、既存の科学では説明のつかない現象のため、すべては仮説によって説明するしかなかった。

そして、もっとも説得力のある仮説が、次のようなものだった。

『この世界の存在する時間の流れとは別の世界――第二次世界大戦で、大日本帝国ではなく、愚連艦隊という名の独立艦隊が全面勝利した世界から、あの艦隊はやってきた。つまり愚連艦隊の存在していた世界では、別の二一世紀が流れている。いわゆる、パラレルワールドからの来訪者である』

本当は独立特務艦隊が正式名称なのだが、そんなもの、当の本人たちすら忘れている。自ら愚連艦隊と名乗ったのだから、政府が正式名称として使用するのも無理はなかった。

ただし、この結論は、まだ物理学会では認められていない。

なにしろ認めれば、多元宇宙《パラレルワールド》の実在を認めることになり、理論上、少なくとも別の時間流へのタイムトラベルが可能となる。これは自分たちの首を絞めるような無理難題だから、それを背負込《しょいこ》むことを嫌がっているのが現状である。

もっと具体的に言えば、この世界と極めてよく似た別の世界の存在が確定するわけで、そこではもしかしたら、大泉首相ではなく、別の名前……たとえば小泉とかの名前を持った首相がいる可能性もある（うひゃー）。

そこへタイムトラベルできれば、旅行者はやりたい放題、別の時間流なのだからタイムパラドックスを気にすることなく暴れることができる。こんな暴論を認めれば、時間流転移を企む世界征服願望者が続出するだろう。

それでも、ダイレクトな時間転移ではないことは、史実の旧海軍に愚連艦隊なるものが存在しないことで立証されているのだから、別宇宙・別時間流の世界から来たことは、なにも物理学者でなくとも判る。

久しぶりの出番と喜んだのがSF作家だったが、それも軍事関連に疎《うと》い者はふるい落とされ、結局のところ、ワイドショーの主役は、オタクっぽいSF系架空戦記作家が牛耳ることになった。

と、まあ、巷のほうではそんな感じだったが、ことが政府となると、そうもいかない。

なにしろ日本の専有海域に、旧式とはいえ、未《み》曾《ぞう》有の軍事集団が出現したのである。

これを外国からの侵略と見なすか、それともたんなる親善訪問と見なすか、与党と野党で完全に意見が分かれてしまった。

困ったことに、顔形は変わっているにしても、愚連艦隊には、山本五十六が乗り込んでいる。その他にも、宇垣纏《うがきまとめ》やグランド夫妻、息子と娘であるアランとマリアもいる。

つまり旧帝国海軍の軍人のみならず、いちおうはアメリカ皇帝と名乗る者まで乗り込んでいるのだから、下手《へた》に対処すれば国際問題に発展しかねなかった（しょせんは別世界の住人だから、無視しても良いという意見もあったが、政治家は無視できないものである）。

大泉首相の弁明を聞いた大官寺は、見下す口調で答えた。

相手が誰であろうと、大官寺は見下してしまう。

それが『糞ジジイ』の基本姿勢であり、男子たるもの、いつかは目指すべき理想像であろう。もの分かりの良い老男性など、犬の餌にもならん。

「そりゃ、わかったわい。こっちも、だてに一カ月ものあいだ、伊豆沖に停泊しておらん。上陸こそ許されなかったが、緊急支援とかいう日本国の親切のおかげで、衛星放送受信機やら書籍の寄贈やら食料支援やら、最低限の情報収集手段と生活手段は受け取らせてもらった。

そこで巷の情報を充分に分析した結果、いま儂《わし》らが、西暦二〇〇X年の日本国領海のすぐ外にいることは理解しておる。問題なのは、儂らがどこに所属しておるかということじゃ。儂らは、もともと帝国海軍に所属する艦隊じゃったが、そのうち独立した。

最終的には、ハワイに本拠地を置く軍事国家の扱いになったわけじゃから、そのまま海上自衛隊とやらの指揮下に入るわけにはいかん。もし、儂らと一緒に戦いたかったら、最低でも国家間の同盟を結んでもらわねばならんわい」

さらりと言い放った大官寺だったが、むろんこれは意地悪である。

その証拠に、大泉首相の顔が、『勘弁してくれ』と言いたそうな表情になった。

「それは……できません。自衛隊は専守防衛専門の組織ですので、いまのところ空母や戦艦を保有する状況にはないんです。さらに言えば、最近でこそ怪しくなってきましたが、集団的自衛権の行使についても、憲法上の観点から難しい。

この件につきましては、春山法制局局長とも話しあったのですが、ことが憲法の根本条項に絡む問題のため、これまでのように、法律レベルでごまかしきれないそうです。かといって憲法を改正するには、何年もの下準備が必要になるので、これまた今回の場合、無理難題と言えるでしょう。

ともかく、あなた方の艦隊は、海自の現有する全艦艇数・全排水量のどちらを見ても、大幅に上回っています。あのアメリカですら、戦艦は一隻しか持っていないんですよ？　それを、いきなり我が国が六隻もの戦艦を保有すれば、世界の軍事バランスは根底からひっくり返ってしまいます。

そうなると合衆国も、一方的な保護条項のある日米安保を破棄するでしょうし、我が国の安全保障体制も根本から書き変わってしまいます。これは、あなたの艦隊を指揮下に入れても、軍事同盟を締結しても同じ結果となりますので、これまた無理なのです」

米軍の核の傘あっての日米安保……。

これは与党である『国民党』と『正大党』の連立内閣を率いる大泉としても、国家の大前提として踏まえていることだ。

対する野党の雄『民間党』といえども、合衆国政府抜きに国際情勢を考えるほど政治オンチではない。

今のところ、ひたすら戦争反対の観点から愚連艦隊拒否の姿勢を示しているのは、国内左派で通っている『市民党』と『共立党』だけである。

さらに言えば、ここのところ健康保険未加入問題という重箱の隅つつきが、国会内に吹き荒れている。そのせいで、民間党の党首だった菅《すが》氏が失脚し、かわりに池田氏が党首についたほどだ。

これは与野党関係なく責任追及されているため、これ以上、ややこしい問題でマスコミに追いかけまわされたくないという雰囲気が、中央政界全体に漂っている。

大泉首相の返答には、それらの苦悩が滲んでいるようだった。

「なんで日本が、世界一の軍事大国になっちゃ、いかんのじゃい？」

大官寺の素朴な疑問である。

これは、大官寺の横に座っている轟参謀長も、背後の椅子に腰掛けている、寺中や山本五十六にも共通する疑問であった。

「そりゃ、絶対にダメです。そんなことをしたら、日本は世界から孤立してしまいます。第二次世界大戦に負けた以上、分不相応な戦力の保持は、かえって墓穴を掘るというのが日本の常識になったんですから」

「つまらんのー」

大官寺は、大袈裟に天井を見あげながら吐き捨てた。

見知らぬ世界にやってきた興味も、急速にしぼみつつある。

なにしろアメリカ合衆国を降伏させ、ドイツの首都ベルリンを制圧した愚連艦隊の司令長官である。大官寺に言わせれば、それを頭ごなしに否定するのは、大官寺の生きざまを全否定するに等しい。

何が悲しゅうて、世界に媚びを売りながら商売立国している国の首相に、まるで邪魔者扱いされねばならぬ……そう思っているらしい。

「つまらないのは重々承知しております。そこで我が日本国としては、早急な日本近海からの、貴艦隊の退去を要請したいのですが……むろん、穏便にです。その後の身のふり方については、合衆国政府とも協議の上、国連主導で決めるのが一番の解決法だと思っておりますので、国際協調の元であれば、我が国としても最大級の支援をお約束します」

ひたすら逃げの一手を打ち続ける大泉首相を見て、大官寺は完全に飽きた。

「それが日本国の総意かいな。ならば、儂にも考えがある」

まるでヤクザの親分のようなセリフだが、まあ、似たようなもんだ。

そう言い放った大官寺、軽く轟参謀長に合図した。

なにかを指示された轟が、椅子をずらして振りむき、寺中に合図した。すると雪之丞は、椅子の隣においてあった大きな革鞄を開け、ビロード地の袋を重そうに持ちあげると、会議テーブルへと運んできた。

「この世界が儂らを爪弾きにするっちゅうんなら、儂らとしても、生存権を賭けて独自行動するしかない。儂らにその力があることを、あんたにも教えようと、ここに見本を用意した。ほれ、よう見てみい」

寺中が袋の口紐を開けると、まばゆい黄金の輝きが広がった。

「儂らが、儂らの世界の合衆国を占領したことは、もう事前協議で知らせてあったじゃろう？　その金塊は、合衆国政府の大金庫であるフォートノックスにあったものの一部じゃ。我が艦隊は、アメリカ帝国の皇帝となったグランド夫妻と協議した結果、戦争賠償の一部を、フォートノックスの金塊を中心とする、合衆国じゅうの金地金《きんじがね》で賄《まかな》うことにした。あと、その他に貴金属と宝飾品、美術品もあったっけな。

むろん合衆国だけでなく、ナチスドイツからも頂いておる。ヒトラーのやつ、ため込むだけため込んでいたらしく、調べたら出るわ出るわ……ごっそり頂いたわい。中でも、フランスの至宝と言われたモナリザの憂鬱とか、ムッソリーニの隠し財宝だったベニスのヴィーナスとかなども、残らず儂らが接収した。

まあ、これは合衆国も同じじゃが、グランド親父が気前よく出してくれたおかげで、のきなみ集めることができたんじゃ。あの親父、現金や株、会社の設備や土地、そしてそこから産み出される利益にしか価値を認めん男じゃから、それ以外はいらんと明言しおったわい。

とどのつまり、それが旧合衆国政府およびナチスドイツの贖罪《しょくざい》の証であり、新生アメリカ帝国と新生ドイツ共和国との同盟の証文になった。宝石といってもダイヤモンドが中心じゃから、なかなか見応えがあるぞい。ダイヤだけで、おおよそ五〇〇キログラムほどあったかいな。

つまり我が艦隊の輸送船には、かつてアメリカ合衆国とナチスドイツが保有していた金や宝石の備蓄……儂らの世界では、イギリスの金や宝飾品もナチスに渡っておったから、これも入っておるが、そのすべてが積まれておる。

ただ、英国王室の王冠と宝杖だけは、チャーチルが泣いて返してくれと頼んだから返してやったが、その他のダイヤやルビー、サファイア、エメラルドだけでも、二〇〇〇キロ近くある。全部では、トラック一台ぶんほどかいな。美術品も、五〇〇〇トン級輸送船二隻ぶんある。一部はロシア王室のものもあるようじゃが、これはヒトラーから頂いた。

つまりじゃ。この世界が、あんたらの言うように別の世界なら、あらたに数百トンもの金と大量の宝石、そして最上級の美術品が船二隻ぶん出現したことになる。これを元手に、儂らがどこかの国家に身を寄せるとなれば、世界の経済は大きく揺らぐことになるじゃろうなあ……」

おお、大官寺にしては、未曾有のクリーンヒットである。

しかも、泥棒自慢だ。

他者をいじめることに関しては、時として天才級のアイデアを発揮するというのは本当だった。

それにしても、数百トンの金塊および五トン以上の宝石、さらには国宝級の美術品が船二隻とは凄まじい（ただし美術品や宝石に関しては、どうもこの世界のモノとは微妙に違うらしい。ちなみにベニスのヴィーナスとは、この世界でいうネロのヴィーナスだろうし、モナリザの憂鬱は、かの有名なモナリザのおもねりのことに違いない）。

もっとも、かつてのフォートノックスに貯蔵されていた金は、だいたい時価にして数千億円程度だったのだから、量にして数十トンにしかならないはずだ。なのに大官寺は、その十倍以上もかき集めてきたことになる。

下手をすると大官寺は、前にいた世界にあった金や宝石の大半をかっさらってきたことになるではないか……宝石だって、トンとかキログラム単位で計るものではないはずだ。

ちなみに一カラットは〇・二グラムだから、五〇〇キロのダイヤは、二五〇〇万カラットぶんになる。そのすべてが第一級の宝飾用であり、工業用ダイヤは含まれていない。いったい、いくらになるんだろう。

美術品に関しては、果たしてこの世界でも価値があるかどうか不明だが、少なくとも世界を代表する『代替不可能な美術品』と認定されれば、こちらにも存在している酷似した作品と同じ価値を認められる可能性が高い。

どうやら作者は同じらしいので、モナリザの憂鬱もモナリザのおもねり同様にレオナルド・ダビンチの作と認定される可能性が高かった。

「フォートノックスって……かつて世界最大の金備蓄量を誇った、あのフォートノックスですか？」

むろん大泉首相の知るフォートノックスは、平成時代のそれではなく、歴史上に存在した、かつての連邦準備金貯蔵所のことである。

そこは合衆国が金本位制だった頃、兌換《だかん》紙幣に相応する金塊を保管した場所だ。

現在も陸軍基地として使用されているし、そこにある地下金庫には相応の金も貯蔵されているはずだが、すでに合衆国の通貨管理は連邦中央銀行《FRB》へ移されている。

別の世界とはいえ、米国・ドイツ・英国にあった金のすべてと宝石の大部分、美術品の大半を奪取したというのだから、時価で数百兆円にはなるだろう（それに、ロシアの美術品の一部も加わっている）。とくにイギリスの宝石と、フランスとロシアの美術品は、人類の至宝とでも言うべきものである。

そんなものが一挙に市場へ放出されたら、自由経済社会は簡単に崩壊してしまう。

たとえ放出しなくても、それが存在するとわかっただけで、金や宝石の価値は大暴落し、国際経済は大混乱だ。美術の世界も、真贋《しんがん》問題からして大混乱する。

ひょんなことから総理大臣になった大泉だが、独断専行と陰口を叩かれるものの、国民の支持率はあいかわらず高い。カリスマ性についても、たしかにある。変人ではあるが、これまでの歴代首相が持っていない何かを持っている点では、明らかに一線を画していると言えるだろう。

その大泉の頭脳が、激しく働きはじめた。

「……となると、聞き捨てなりませんな。国益を守るのが政府の使命であるなら、あなた方を野放しにするのは、世界経済に対する無責任そのものです。あなた方が本当に数百トンもの金塊や宝石、美術品を保有しているとなれば、それは国際管理されるべきものです。

むろん、所有権云々を詮議するわけではありません。それは別世界の財産であり、あなた方が保有なされている以上、それはあなた方のものでしょう。時間と空間、さらには歴史の流れすら違う世界からの搬入物ですから、合衆国その他の国が所有権を申し立てることもできません。

そうですな……計画的かつ国際的な長期運用が、もっとも穏便に事を運ぶことになる。なにしろあなた方は、世界でもっとも裕福な軍事組織なのですから。もっとも、実際にそれらを国連などで協議するとなれば、その前に、金塊や宝石・美術品のすべてを鑑定させてもらわねばなりませんが」

さすがは大泉、いま言われたばかりなのに、しっかり状況を認識した。

もっとも、相手の言うことを鵜呑みにするのは、政治家として誉められたことではないのだが……これで何度失敗したことか。政治家は疑い深い性格でなければならないと、御先祖様は教えてくれなかったのだろうか（大泉家は、明治時代からの政治家一家である)。

横で官房長官と外務大臣がやきもきするのをよそに、大泉は次々と話を進めていく。

そのテンポの良さに、大官寺の気分も少し良くなった。

「儂らとしては、母港にできる港と、上陸時に休養できる保養施設、そして艦隊を働かせる面白い場さえあれば、あとは当面、文句はない。そうじゃな、母港は、慣れ親しんだ下田が良いのう。

下田の福浦軍港を離れて、もう随分たつ。ここは世界が違うから、たぶん軍港ではないじゃろうが、下田そのものが存在することは、あんたらにもろうた新制高校用の社会科地図で確認しておる。どうじゃ政府の特権で、下田をペリー艦隊の時のように、儂らに解放してくれんかの?」

高校の社会科地図帳とは、政府もチンケなものを渡したものだ。

まさか、出版元が帝国書籍だからという理由じゃないだろうな。

ともかく、いまさら日米……もとい、日愚修好通商条約に基づく開港もない。

あらぬことを言い出した大官寺を見て、さすがに大泉首相も呆れた顔になった。

「それは、無茶というものです。我々の世界の下田は、純然たる民間港ですよ? 海保の埠頭や建物はありますが、軍事施設など、ひとつもありません。まあ、黒船祭の時などは、一時的に米第七艦隊やら海自やらの艦船が出入りしますが、いまさら恒久的な軍事基地にはできません。

これればかりは、いくら金にものを言わせて、土地を買い占めようとしても無理です。この世界の市民団体は、金では動きません。下手に金で横面をたたくような真似をすれば、それこそ無限に続く訴訟地獄が待っています」

この件については、よほど痛い目にあっているのだろう。

大泉の表情は、ことのほか真剣だった。

「あ、それは、無用じゃて。儂らに常設基地などいらん。投錨できる場所と一時的な保養施設があれば、当面は暮らして行けるからのう。常設基地は、そのうち勝手に見つけるわい」

どうやら、大官寺……。

たんに下田蓮大寺にある、馴染みの温泉に浸かりたいだけらしい。

思えば蓮大寺温泉の芸妓元締め――お種《たね》ばあさんは、大官寺初恋の人であった。

もっとも、この世界では、とっくに寿命を全《まっと》うしているはずだ（もしくは存在していたかどうかすら怪しい）から、逢いたくても会えないはずだが。

となると、たんに温泉に入りたいだけということになる。長期間の遠征を考えると無理もないが、それって政府を脅迫する材料か？

「わかりました。その件も含め、包括的な問題解決のため、日本政府にしばらく時間を頂きたい。それから金塊と宝石その他の件については、合衆国と我々が協議を終えるまで、なにとぞ御内密に。下手に漏れると、国際問題に発展しかねません」

なんとか話をまとめようと懸命の大泉だったが、大官寺は極端に落胆した。

「なんじゃい。現状維持で待機しろとは、あまりに芸がないのう。もう、一カ月半も待ったんじゃぞ？　あんたも日本の政治家なら、ど－んと太っ腹でいかにゃダメぞい。儂らの世界の近衛とか東条も小者じゃったが、所詮あんたも、その一人にすぎんのかのー。

いっそのこと、アメリカにでも行こうかいな。あの国は金持ちを優遇する国じゃから、儂らが持っている資産の運用の一部を任せるといえば、犬が尻尾をふるみたいに食らいついてくるじゃろうなー」

いまさら、東条英機や近衛文麿と比較されても困るが、大官寺は戦後の宰相を知らない。

だから、吉田茂や佐藤栄作と比べてほしくても無理な相談である。

「わ、わかりました。では、緊急避難および人道的措置という名目で、一時的に投錨できる場所を、近日中に指定いたします。ただしこれは、あくまで臨時の措置ですので、そのおつもりでいてください。そうでなくとも、国内に軍隊が駐留するというだけで、いまの日本は反対運動が起こります。

それから合衆国に対しての直接的なアプローチは、なにとぞ御勘弁を。我が政府を介しての交渉でないと、日米関係が極端におかしくなってしまいます。そういった意味では、あなた方は核兵器にも匹敵する存在なんですから」

額の汗を拭き拭きしつつ、大泉も懸命な説得である。

すると、それまで黙っていた山本五十六が、ふいに口を開いた。

「長官。最低限の条件として、日本国内における艦隊員の自由行動と安全の確保、さらには、艦隊を維持するための装備改変および補修の援助を確約してもらわねば、その後の艦隊行動が著しく阻害されます。

その点、せっかくの機会ですから、大泉首相に確約してもらってはいかがでしょうか。むろん、無償などとは言いません。金なら、いくらでもあります。その程度の資産売却であれば、国際経済が混乱することもないでしょうし、日本国が調整することも可能なはずです」

　さすが、山本。

　大官寺の不備を、さりげなく突いてきた。

「そんなことは、最初からわかっとるわい！　あたり前すぎて、交渉材料にすらならんと思うとっただけじゃ。で、首相閣下。いまの部下の疑問点、どうじゃろう？」

　言われたら、さらに辛辣《しんらつ》に言い返すのが大官寺である。

　しっかり山本の手柄を横取りした上で、肝心なことを質問するのに成功していた。

「艦隊員の完全な自由行動については、安全保障の点からお薦めできません。最低でも、国民の理解を得られるまでは、政府の保護下での行動を強くお薦めします。それと艦隊の維持および装備改変についてですが……これは、我が国の武器輸出三原則やら憲法上の制約もありますので、ここで返答するのは、ちょっと……。

　しかし、それではお困りでしょうから、早急な対策を練ることにします。時限立法も視野に入れますので、それまでは人道的措置として、艦隊維持のための支援物資の名目でのみ補給を行ないますが、それで我慢してください。

　なお、山本長官……失礼、参謀でしたか。おっしゃることはごもっともですが、現代の兵器の値段は昔と違います。あなたがたを出迎えたイージス艦ですら、いまの円で数千億するんです。もしあなたがたの艦隊の一部にイージスシステムを導入するとしたら、それだけで一兆円規模の投資になり、それが資産売却のかたちで行なわれれば、とてつもなく国際経済に悪影響を与えることになるでしょう」

愚連艦隊をどういった集団と定義するかで、法律上の扱いも変わってくる。

大泉の腹積もりでは、国内法で括《くく》ることのできる存在と定義すれば、なんとか武器輸出三原則や憲法に抵触せず、武器や弾薬の有償供与へ道が開ける可能性があると思っているようだ。

この場合、日本政府が愚連艦隊の資産を担保に出資する形となるため、直接的に現金が飛び交うことにはならない。日本政府の予算内で購入し、後年度支払いにすれば、充分にクッション役と成りうるだろう。

しかし、こんなうまい話、あの商売上手なアメリカが放っておくだろうか。

自衛隊の装備の大半は、じつは合衆国のパテントが絡んでいる。もし購入するとしたら、間違いなく合衆国との交渉になるだろう。

その時、合衆国が欲を出して直接取引きを申し出たら、それこそ大泉ひきいる日本政府は笑い者だ。

「ふーん。儂としては早々に、あの護衛艦隊とやらに積まれておった、イージスシステムやら無人速射砲やらヘリコプターやら新型電探やら、なんだかんだと導入したかったんじゃがのう。買うとなれば、金は惜しまんのじゃが」

さすが大官寺、興味のあることについては情報が早い。

どこでどう調べたか知らないが、たぶん右派マスコミが、喜んで情報収集用の道具を提供したのだろう。

　衛星通信用の機材とパソコンさえあれば、インターネットも繋ぎ放題……そこまで大袈裟にしなくても、携帯電話さえあれば、あらかたの情報は手に入る。

　もし、この話が合衆国政府に伝わったら、あの抜け目のないフォレスト大統領のことだ、自ら武器を売り込みにくるに違いない。なにせイラクの石油を独り占めするため、戦争まで仕掛けた張本人なのだ。

　しかも大泉首相とは、なんとなく大親友といったパフォーマンスを見せている。たぶん数日後に開かれるサミットでも、強引に、日米首脳の仲の良さをアピールすることだろう。

　もっとも、大統領選挙が迫っている今日、競争相手のツキー上院議員が次代の大統領になる可能性もあるが、相手が合衆国である以上、大統領は軍需産業のセールスマンを逃れることはできない。

　日本は以前、自前で支援戦闘機を開発しようとして、合衆国の軍需産業の横槍にあい、結果的に日米合作の欠陥機であるF-2（F-16ファイティングファルコンがベース）に決まった経緯がある。これと同じことが、桁違いの規模で愚連艦隊の装備改変に起こったら、今度こそ政府は吹っ飛んでしまう。

　それを恐れた大泉が、なにか画策しているのは間違いない。

　なにしろ数百トンの金と五トン強の宝石、未曾有の美術品である。それを日本一国が牛耳れば、世界経済を牛耳ることも可能になる。苦節、戦後六〇数年を経て、日本が世界をリードできるか否かの瀬戸際である。

実態のないバブル経済は崩壊するが、今回は実態が在りすぎる。もし日本が金本位制度を復活させれば、世界一の金持ち国家、世界一の強さを持つ『円』を駆使する国家として君臨できるだろう。あざといようだが、商業立国の首相としては当然の判断だった。

ともあれ……。

大官寺が表立って交渉に赴くと、きまってろくなことにならない。

ましてや、相手は変人かつ希代のパフォーマンス政治家の大泉である。相手を交渉の場に引きずり出すことにかけては、超一流といっても過言ではない（これで結果をともなえば、文句なく大宰相なんだが……）。

この二人に音頭を取らせてはなるまいと、日本政府側のみならず、愚連艦隊側も、あれやこれやと手練手管を弄することになる。

その急先鋒が、大泉の隣にいる太田《ふとだ》官房長官であり、また轟勘太参謀長だった。

「ところで、首相。そろそろ、時間ですが……」

「ところで、長官。そろそろ、時間ですが……」

なるほど、偶然にも声が重なった二人だったが、目を合わせてにんまり笑っている。

個人的には、現在の真面目な太田官房長官より、ニヒルにふふんと笑う、引責辞任した前の富田官房長官のほうが好きなのだが、さすがに富田氏では轟参謀長と意見の一致を見るとは思えないため、これはこれで良かったことになる。

予定では、午後にはマスコミを含めた、限定的な艦隊公開が行なわれることになっている。政府による国民サービスの一環として行なわれるものだが、多分に大官寺の『自慢したい性癖』も加わった結果である。

これまでも、上空や船舶からの映像なら腐るほど撮ったマスコミも、乗艦しての取材は今回が初めてとあって、あらゆるメディアが殺到する結果となった。その中には、マスコミのコメンテーターとして重宝された、例の架空戦記作家の集団まている。

その公開行事が行なわれる前に、政府関係者は退散しなければならない。

おもにこれは、安全対策のため政府が決めたことだけに、自分たちが率先して破るのは本末転倒していると、太田官房長官も思ったようだ。

轟のほうとしても、これ以上、大官寺の軽口を野放しにしていると、あとですべての尻拭いを自分がやるハメになることを承知しているため、官房長官と意見の一致を見たのが嬉しそうだった。

そして第一回目の首脳会談は、なんら進展なく終わったのであった。

＊

大泉首相御一行を見送った愚連艦隊首脳部は、昼食の後、轟参謀長の指示で、大半が陸奥艦橋へ移動させられた。

轟自身は、午後に訪れるマスコミ関係者との対応のため走りまわっているが、大官寺その他は、情報秘匿その他の理由で、強制的に艦橋へ隔離されたのだ。

ともかく、お喋りな大官寺を野放しにしていると、日本政府との約束を守れない。そう思った轟が、有無を言わせず閉じこめたというのが真実である。

やがて飛行甲板が騒がしくなり、さかんにストロボが光り、ビデオのライトが点滅しはじめた。

それを空母艦橋の窓から覗き見しながら、寺中雪之丞が、彩子の肩を抱いて言った。

「見てごらん。まるで、僕たちの結婚式の時みたいだ」

「うん」

こいつら、こればっかりだ。二人とも軍服姿に戻っているため、見られたものではない。

じっと観察していると殴りたくなるため、早々に視点を移そう。

気を取りなおして大官寺を見ると、案の定、つまらなさそうに煙草をふかしている。

そこへ突然、どやどやと足音が近づいてきた。

「こ、これが、本物の空母艦橋かぁ〜！」

「すげー。きちんと、伝音管があるぞ。しかも鉄や鋲がむき出しだ！」

いずれも中年男の集団だが、言っている言葉は、限りなく小学生っぽい。

「貴様ら、何者だ？　ここは立ち入り禁止のはずだぞ」

片方の眉を吊りあげながら、相手の無作法を咎めたのは、陸奥飛行隊の隊長、弓月謙太郎《ゆみづきけんたろう》中佐。

愚連艦隊にあっては貴重な常識人であり、なおかつ映画俳優なみにカッコいい人物だ。

それだけに、不快そうに咎める顔も、それはそれでサマになっている。

「聞いてませんよ、そんなこと。なあ!?」

髭面の小太り中年男が、周囲にいる数人の仲間を見回しながら答えた。

手にはビデオカメラ、胸元にはデジタルカメラ。米軍放出の野球帽タイプの軍帽に、戦闘機のコクピット図柄のTシャツ……完全に軍事おたくである。

　赤信号、皆で渡れば怖くないは愚連艦隊のためにあるような標語だが、どうやら現れた集団も、メンタリティの面では似たような感性を持っているらしい。

「質問に答えろ。貴様ら、何者だ。答えないなら艦隊規則に従い捕縛するが、それでも良いか?」

　自衛隊しか知らない連中だから、弓月の言うこともピンとこない。自衛隊員が民間人を逮捕したら大事だが、海軍なら当然の処置だ。

　いっこうに緊張感のない表情のまま、先ほどの髭面がだらしなく答えた。

「あの～、僕らは作家集団です。架空の歴史上で行なわれる戦争モノを書いてます。今回はテレビ局の好意で、取材陣に入れてもらえました。あ、ちなみに僕は、羅《ら》聞祐斗《ぶんゆうと》と申します。でもって、こっちにいるのが高岡慎太《たかおかしんた》郎《ろう》氏、そしてこっちが図版作家にして版権会社の社長様でもある阿立広《あだちひろし》氏、そして……」

　そこで羅聞の声が止まった。

来ているはずの二人が、そこにいなかったのだ。

　やがて、おっとり刀で一人の男が現れた。

「いや～、大変、大変。ほんまに艦内は広うて、まいりましたわ」

　現れた男は、なんと轟参謀長だった。

　その声に引かれて、大官寺が吼えた。

「こら、轟！　いつまで儂らを、艦橋に閉じこめとくつもりじゃ!!」

　いつもなら蒼白になる轟だが、なぜかきょとんとしている。良く見ると、いつ着替えたのか軍服すら着ていない。

不思議に思った弓月が、しっかり質問した。

「……参謀長。私服で取材陣の案内ですか？」

弓月に聞かれた轟、ますますびっくりした表情になった。

「あの～。僕は、轟とか参謀長とかいう名前じゃなくって、鎌北健太《かまきたけんた》っていう者なんですが。ここにいる羅聞さんや阿立君、そして高岡さんと同じく、総力戦研究所っていうグループに所属してる図版作家なんですが……」

今度は大官寺と弓月が、あんぐりと口を開ける番だった。

だって鎌北と名乗る人物、背丈・顔貌・恰幅《かっぷく》いずれも、轟参謀長にそっくりなんだもん。

と、そこへ、またひとり姿を現した。

「いやはや、遅れて申しわけない。なんせ艦内が広くて……ここまで来ると、夜には亡霊が出そうですな。あちこちに清め塩を撒いていたら、すっかりはぐれてしまいました」

汗をハンカチで拭き拭きしながら現れた人物を見て、今度は寺中と彩子が同時に声を発した。

「橋本博士！　なんで、ここへ？」

もう、お判りであろう。

現れたのは、むろん愚連艦隊の誇る奇想兵器の発明者である橋本博士《ひろし》博士ではなく、平成時代の架空戦記作家、足元純《あしもとじゅん》その人であった。

ちなみに橋本博士は、時空転移していない。まことに残念である。

「なんですかいな？」

他人の空似にしては似すぎている足元が、素っ頓狂な声をあげた。

「不思議なことも、あるもんじゃのー」

すでに事態を把握したらしい大官寺が、嬉しそうにコメントを挟んだ。

ともかく奇抜なことや奇妙なことには目がない大官寺にとって、今の状況は、娯楽として最適らしい。

「そういえば……阿立さんって紹介された方、良く見ると、僕の永遠のライバル、特務実験艦隊大佐・安達原広志《あだちはらひろし》にそっくりだ！」

ワンテンポ遅れて、寺中も驚いている（ちなみに安達原広志については、コアラノベルズの『すみれ特戦隊』を参照のこと。階級は昇進しているから、念のため）。

時空と歴史の流れを飛びこえた愚連艦隊は、奇《く》しくもこの世界で、他人の空似ながら、きわめてそっくりな人物に出会ったのであった。

「ええい、ややこしいことになったが、ともかく貴様らが艦隊員でないのなら、ただちに退去してもらおう。ここは艦隊総旗艦の神聖なる艦橋なんだぞ。戦記作家を自称するのなら、ここがどれだけ重要な場所か、少しは判るだろうが！」

弓月の剣幕に、一同、足がすくんでいる。

それでも羅聞だけは、口を尖らせて言った。

「そういや大官寺司令長官って、僕が前に書いた作品に出てくる、大連寺司令長官にそっくりだなあ。これもまた、奇妙な偶然の一致ってことかしら。まさか、時空を超越した同一人物じゃないよなあ……だって、片方は僕の創作なんだから」

羅聞は以前、独立無法艦隊という名のスチャラカ戦記を出している。

そこに出てくる司令長官の名が大連寺だった。

もしかしたら、物理法則すら超越した摩訶不思議な力――神仏か魔王の超絶パワーにより、羅聞が言霊《ことだま》作家として、別宇宙に実在する愚連艦隊の活躍を作品として書き上げた可能性もあるのだが、そこまでは考えが回らないらしい。

「わかった、わかった。言いたいことはわかったから、早く出ていってくれ」

相手も愚連艦隊員と大差ない連中と理解しはじめた弓月、道理を尽くすのは無駄と悟ったようだ。嫌がる羅聞たちの背を強引に押して、艦橋から排除しはじめた。

そこへ、軍服姿の轟が現れた。

「あれま。貴方は、生き別れのお兄さん……なわけ、ないですよねえ」

いかにも轟らしい反応である。

だが、鎌北も負けていない。

「むう。そういうおぬし、儂のクローンだな?」

むさい髭面の二人が冗談こくと、艦橋の気温が一気に低下した。

しかし一切を無視し、弓月は、架空戦記作家連中をたたき出した。

それしか愚連艦隊内でのごたごたを解決できないことを、弓月は実体験として知っている。そういう意味では、架空戦記作家御一同が艦隊員とコンバチであることを、計らずしも認めたようなものだ。

やがてふたたび元の艦橋の雰囲気が戻ってきた。

いったい彼らは、なにしに来たのだろう……。

マスコミ取材と言っていたが、彼らが真実の報道とは正反対の立場にいることだけは、誰の目にも明らかだ。

そう、艦橋にいる誰もが不思議に思ったが、そこはそれ、壮絶な腐れ縁の、ほんのささやかな始まりに過ぎなかったのである。

第二章　日本政府の決断

一

七月八日　伊東湾

　いきなり一カ月ほど経過した、真夏みたいな昼下がり。

　七月八日といえば、日本列島はまだ梅雨の最中のはずだが、今年は太平洋高気圧の張り出しが強く、朝から晩まで盛夏なみの暑さが続いている。今となってはＴＶの天気予報でも異常気象という言葉すら使わず、ただただ猛暑と騒ぐ始末である。

　人間、暑くなると怒りっぽくなる。異常かつ発作的な犯罪も増えてくる。

　そんな世間様のご機嫌を伺いながら政治をしている永田町としては、間近に控えた参議院選挙以降まで愚連艦隊問題を長引かせるわけには行かず、最終的に見ても、終戦記念日あたりまでには全面決着を見たいと考えているようだ。

　むろん、別世界の昭和二一年四月一五日に終戦を迎えた愚連艦隊にしてみれば、そんな見知らぬ歴史での敗戦記念日など関係ない。しかも彼らにとっては戦勝記念日であって敗戦記念日ではないのだから、政府がなぜこだわるのかすら理解できない。

結果的に、すったもんだのあげく、政府が伊豆の伊東湾を仮泊地に決めたこともあり、ひとまず洋上停泊の件については決着を見た。

ちなみに、なぜ伊東湾に決まったかというと、現在の下田湾は狭すぎて、とても百隻もの大艦隊を留め置くことができないと判断されたためだ。

その点、恒常的に海上自衛隊が訓練のため仮泊している伊東湾なら、地元住民の抵抗感も少ない。しかもバブル経済の崩壊後、いくつもの大規模温泉ホテルが倒産したこともあって、そこを政府が安く買いあげて宿営場所にすることで、地元との折りあいもつつがなくつけられた。

ともかく、たった二カ月間という、政府としては異例の即断で事が進められたのには、それなりの訳がある。

ひとつには、いつまでも愚連艦隊資産のことを他国へ内緒にできないこともあったが、それ以上に重要な問題――七月の参議院選挙で与党が負けそうだと判断されたからだ。

合衆国でも大統領選挙が近づいているし、ここはひとつ、お互いに暗黙の了解のもと、ともかく現状維持で目先の難題を乗りきろうと確約しあった結果、なんとなく愚連艦隊問題は一時的な決着を見ることになった。

愚連艦隊のメイン宿営地として定められたのは、伊東市街の中心部からやや南に下った、鎌田地区にある休業中の観光ホテルである。

もとは伊東を代表する温泉ホテルのひとつだっただけに、休業と決まった時には惜しまれた施設だったが、一カ月間のリフォームをへて見事によみがえった。湯権も確保してあったため、ようやく大官寺の願いもかなうことになったわけだ。

　そこは艦隊司令部を兼ねているため、艦隊全員の宿舎としては、到底まかないきれない。そこで他にも、伊東市内や伊豆高原にある休眠施設の多くが解放された。いずれも企業の研修所やホテルだったところで、バブル崩壊後、不良債権化していたそれらを政府が気前よく買いあげるとなれば、所有企業や銀行も大喜びである。

　しかし……。

　もし愚連艦隊が無一文の状態で時空転移してきたら、果たして政府は、ここまで親切にしてくれただろうか。

　もしかしたら、文無しはお荷物とばかりに、けんもほろろに門前払いされていたかもしれない。

　つまり大官寺の途方もない泥棒根性が、ここでもまたラッキーに働いたことになる。

　まあ、これは今に始まったことではなく、なぜか愚連艦隊が動くと、悪魔の所業なみに悪運がついてくる。ただそれだけで太平洋戦争に勝利したと言っても過言ではないだけに、時空が違っていても、地獄の魔王は支援の手を緩めていないようだった。

「こっちに来てから、もう三カ月近くたつっていうのに、日本政府が許可したのは民間用レーダーと衛星位置確認装置《GPS》、それにデジタル無線装置、航路探査のための魚群探知機改造ソナー、あとは市販されてる程度のパソコン関係だけだなんて、ほんとうに政府は、本気で僕らを支援するつもりがあるんでしょうかねー」

　頭の上に温泉タオルを乗せた雪之丞が、ゆったりと首まで風呂につかりながら、一緒に入っている轟参謀長へ訊いた。

場所は、艦隊司令部（メイン宿営地）にある屋内大浴場。

ホテルの大浴場が専用風呂なのだから、なんとも贅沢な身分である。豪華な岩風呂風の展望風呂のため、ガラス窓越しに伊東市街を見渡すことができる。

「あの支援は、あくまで日本国の船舶法にのっとったものだろ？　いくら伊東湾に仮泊しているだけとはいえ、移動する可能性のある船舶は、最低限の航行用設備を備えていなければならないって法律があるそうだ。

だから政府も、あれは軍事支援ではないと言い張っている。我々から見れば、いずれも立派な軍事支援にしか見えんのだが……とくに民間用レーダー装置なんか、これまで付けていた米国製のやつより百倍近く高感度なんだから驚いてしまう。

無線についても、音声で地球の裏側とも交信できるし、衛星通信なる代物に至っては、いついかなる時でも、地球上のどことでも交信可能だ。あのGPS装置もそうだが、これじゃ航行参謀はいらんな」

常になく真面目な口ぶりの轟だったが、だらしなく風呂にあおむけになりながらの会話のため、真面目なのは言葉だけだった。

ちなみに轟は言及しなかったが、寺中がソナーと言った民生用の魚群探知機（遠洋マグロ漁の船団母船用広域魚探で、直下だけでなく周辺の魚群も探知できる）も、第二次世界大戦時なら、驚異的な対潜水艦ソナーとして使用できるはずだ。

レーダーに至っては、与えられたのはクルーザーや小型漁船用の近海ソナーだが、それでも探知能力は五〇キロ近くある。

しかも危険防止の徹底のため、戦隊旗艦のみの限定だが、大型船舶用の本格的な航洋レーダー装置も供与されている。これは民間船団を統率する船団コントロール機能まであるから、立派な指揮統率装置である。

これらすべての供与が、臨時国会に提出された『愚連艦隊関連法案』に基づき行なわれている。国際法上では、緊急避難してきた他国軍に対する緊急人道支援という扱いのため、政府与党は憲法論議を避け、暫定的な時限立法で乗りきる決心をしたのである。

むろん法案には、しっかり『時期を見て、かかる経費のすべてを、利子付きで愚連艦隊へ請求する』と盛られていた。

「肝心の軍事支援がなければ、とても僕たち、この世界で戦えませんよ」

三カ月もたてば、雪之丞とて平成時代に詳しくなる。

伊東市内の吉田という場所にある郊外型書店『立教堂』には、前の世界だと軍事機密としか思えない軍事関連書籍コーナーもあるため、本屋のとなりにあるバクドナルドのハンバーガーを食べながら勉強するのが、ここのところ上陸した時の日課になっていた。

はて？

雪之丞といえば新婚のはずだが、肝心の新婚生活はどうなっているのだろう。

その点については、多くは語らないほうが身のため……。

とも行かないので、簡単に説明すると、いわゆる三カ月めの憂鬱ってやつに、しっかり雪之丞もはまったのである。

　二人の新居は、司令部ホテルの一室が割り当てられている。艦隊勤務時は別々に行動するため、二人が一緒なのは上陸した休暇の時のみだ（彩子《あやこ》は情報艦隊連絡部の部長に就任したため、階級も中佐となり、連絡部のある情報収集艦・特設軽巡アルカディアへ移っている）。

　となると、新婚生活を楽しみたい彩子が手料理片手に部屋で待っていると、雪之丞は、本の山とバクドナルドの紙袋を手に帰ってくる。

　これではうっふんどころか、喧嘩にしかならない。

　部屋をたたき出された雪之丞は、しかたなく轟の部屋（こちらも結婚して間がたっていないが、いくぶん先輩である）へ行き、参謀長を風呂へ連れだすことになる。

　そのうち彩子の怒りもおさまり、深夜にはいつも通り……ううむ、これ以上は書けない。

　そんなわけで、いま二人は女房を部屋に残し、優雅に風呂三昧に浸っているのである。

だが……。

知らぬは亭主ばかりなり。

　じつは雪之丞の妻の彩子は、参謀長の妻である文子《ふみこ》と仲が良く、二人が風呂に行くやいなや、さっさと市内へ買い物へ出かけてしまった。

　なにしろ愚連艦隊は、世界一の金持ち艦隊である。

　艦隊に積んでいた様々な宝の半分は陸揚げしたものの、あとは担保として艦隊内に残してある。陸揚げした品々も、日本政府に委託保管してあるものの、所有権はあい変わらず愚連艦隊にあった。

　それらを不用意に放出しない確約のもと、なんと大官寺は、日本政府の内閣機密費から、じつに二〇〇億円もの借金をすることに成功したのである。

借金の担保が同価値の金塊のため、政府もなんら心配していない。利子は高いが、なにせ数百兆円の資産である。たかが二〇〇億と考えるのも無理はなかった。

その二〇〇億のうち、一〇〇億ほどが艦隊員の階級にあわせて臨時支給されたものだから、いかに大所帯（なんと総勢で五万人はいる）の愚連艦隊とはいえ、単純計算で一人あたま二〇万円になる。

これが当座の生活資金となれば苦しいが、日常生活すべてが艦隊支給のため、すべて個人の小使いになるわけだ。雪之丞の場合、大佐の艦隊参謀で新婚ということもあり、なんと特別支給として一〇〇万円が与えられていた（ただし、夫婦二人ぶん）。

平成時代は、金が金を生む構造になっている。

政府としても、愚連艦隊の資産をどうやって運用するか、すでに民間金融機関もまじえて国家プロジェクトチームを発足させたほどだ。そして、ついに愚連艦隊の存在を知らされた合衆国も、独自にアプローチしはじめている。

なにしろ愚連艦隊は無国籍集団なのだから、日本国が独占することはできない。

そこのところは大泉首相も明言しているため、抜け目ないフォレスト大統領や、多国籍企業のユダヤ系財閥、ドイツのサイダンキー首相も色目を使いはじめている。たぶん遠からず、資産運用の利権だけで、月に数百億もの利益が愚連艦隊に転がり込み始めるだろう。

そうなれば月一〇〇億程度の隊員給与枠も、楽勝で確保できるわけだ。

たしかに、元本は動かせない。

そんなことをしたら、世界経済は崩壊する。

だからこそ各国は、官民総出で協調運用することを余儀なくされる。愚連艦隊が資金的に困らないよう手助けすることが、自分たちの経済を守ることになるため、ついこの前行なわれた主要国サミットでは、この話題だけが延々と話しあわれたほどだった。

ともあれ……話をもどそう。

雪之丞に戦えないと言われた轟は、気にした様子もなく、のんびりと答えた。

「この世界じゃ、我々の出番なんかないさ。太平洋戦争で合衆国が一人勝ちしてしまったため、いまも合衆国の艦隊が世界の警察官を演じているみたいだからなあ。大官寺長官も、その点だけは不満らしく、なんとか米海軍の最新鋭原子力空母と戦略・攻撃潜水艦、それにイージス艦に弾道ミサイル迎撃システムを手に入れられないかと、自衛隊のお偉いさんに難癖つけてるみたいだ」

そりゃ……あまりにも、無茶。

そんなもんを大官寺に与えたら、この世界まで征服してしまう。

むろん自衛隊幹部にそんなことを頼んでも、絶対に実現しないから安心だが。

「そこまでなくても、最低限の近代装備は欲しいですよね？　海上自衛隊の装備だったら、もともと合衆国から購入したようなもんですから、僕らも手に入れられるはずだけど……やっぱり合衆国と同盟を結ばなきゃいけないのかなあ」

金だけで解決できない問題は、この世にごまんとある。

軍備がその典型例で、いくら愚連艦隊が金を積もうと、合衆国は、現在の状況では軍備を売ってくれない。最低でも親米組織として、なんらかの協定に調印しなければ、合衆国の仮想敵と見なされるのがオチだった。

「長官は、アメリカと同盟を結ぶなんて気、さらさらないみたいだぞ。そりゃそうだろ、ついこの前に占領した国に、世界が違うとはいえ、なんで媚びを売らねばならんのだ。そういやアメリカといえば、グランド夫妻やアランたちはどうしてる？」

最初に伊東へ上陸した一カ月前から、グランド夫妻のみならず、アランやマリアまで姿が見えなくなった。

すっかり失念していた轟だったが、ふいに気になったらしい。

「グランド一家なら、大官寺長官の特使という肩書きをぶんどって、さっさとアメリカへ行っちゃいましたよ。この世界に自分たちの資産がまったくないと知った途端、また、持ち前のアメリカン・スピリットが燃え上がったようです。

出国する寸前にマリアから聞いたんですが、なんでも合衆国で一旗あげてくるとか……あの勢いだと、こっちの世界でも何かやらかしそうですよ。可哀想なのはアランで、艦隊に残りたいっていうのを、跡継ぎということで強引に連れてかれてしまいました。

資産ゼロの跡継ぎってのもなんですが、あいつ、つくづく不幸なやつです。僕たちの結婚式に出るため、自分の艦隊の一部しか連れてこなかったのも、不幸といえば不幸ですよね。もっとも今は、麗《れい》と結婚したせいで、多少は鬱憤晴らしもできてるようですけど」

そこまで雪之丞が言った時、轟の顔色が変わった。

「麗……そういや、あいつも見当たらん！　もしかして、一緒に行ってしまったのか⁉」

麗は、参謀長の妹である。

でもって参謀長は、自他ともに認める妹思い……。

それすら失念するとは、文子との結婚生活って、そんなに楽しいのだろうか。

「当然でしょう？　いまやアランと、一日三度の決闘をするのが、麗の日課になってるんですから。一日たりとも、あの二人が離れるわけがありませんよ」

「ああ～、麗！　兄貴を見捨てて、遠い異国へ行ってしまったのか……」

逆上した参謀長、もはや話を聞いていない。

自分たちがアメリカを占領したのに、異国もないもんだ。

雪之丞も、そろそろのぼせて湯当たりしそうになってきたため、話を切り上げることにした。

「それじゃ僕、お先に失礼しますね。彩子も、そろそろ怒るのに飽きたころだから」

「麗～」

なおも、天井にむかって叫ぶ轟。

さすがに心配になった雪之丞、あとで参謀部の従兵に様子を見にこさせようと、ひそかに思った。

二

六月某日　合衆国

やや、時間は戻って……。

轟参謀長を途方に暮れさせた張本人——轟麗は、いまや天下の住所不定無職となった舅・姑、旦那、義妹と一緒に、ジャンボジェットのファーストクラスを専有しつつ、まっしぐらに合衆国のワシントンへとたどり着いた。

「麗、居場所が確保できたら、まず最初に近所の武道場へ行って、他流試合でも申し込むか？　こっちの世界では、アメリカにもカラテやジュードーの道場が、たくさんあるみたいだぞ」

隣でにこやかに微笑んでいるのは、晴れて夫となったアランである。

こうして見ると金髪碧眼の好男子なのだが、中身が極端に屈折しているため、麗以外にパートナーはありえない。麗としても、これまで自分を男と言い聞かせてきた暗い過去があるため、良き決闘相手としての夫であっても、世間一般でいう新婚夫婦にはなりえなかった。

互いに、それなりの美男美女というのに、神様も罪なものである。

麗の背後には義理の妹となったマリアもいるが、いまは両親の前でぶりっこモードに突入しているため、アランの言葉にツッコミを入れることはない。そういや、マリアは今年で何歳になったんだろう……（作者も知らない）。

それにしても、国際テロの後遺症に悩む合衆国へ、よくまあパスポートもなしに入れたもんだ。

むろん、それにはカラクリがある。

愚連艦隊の扱いに困惑した日本政府は、問題の核心のひとつである、別世界のアメリカ皇帝一家をどう扱うか、艦隊とは別枠で考えることにした。

この世界で北米大陸の所有権を主張されては困るが、かといって、グランド一家をアメリカ人扱いしなければ、片一方で愚連艦隊員を日本人扱いしている以上、ダブルスタンダードになってしまう。

現在、政府が愚連艦隊を緊急支援の名目で伊東へ釘付けしているのも、相手が日本語を喋る別世界の日本人だからだ。そしてそれが、間接的に艦隊資産の一時預かりを主張する根拠にもなっている。いずれ国際管理されるものとは承知しているが、その時に主導権を発揮できるよう、いま懸命に画策している最中だった。

となるとグランド一家は、米語をしゃべるアメリカ人なのだから、当然、アメリカ合衆国政府が支援すべき……そう判断せねばならない。

もっとも、本人からして合衆国へ行きたいと言っているのだから、それを政府が止めることはできない。一連の某国拉致問題についても、日本政府は国籍のある国に交渉優先権があると主張している手前、強引なことができないのである。

そこで日本政府はアメリカ大使館と相談した結果、愚連艦隊をバチカン同様、一種の国家内部に存在している独立小国家とみなし、海外へ出国する愚連艦隊員は、すべて外交官の身分であると定義することにした。これなら、他国の外交官が日本を中継して第三国へ移動するのと同じだから、なんら問題は生じない。

そう定義するとグランド一家は、愚連艦隊外交官の肩書きを持つアメリカ系愚連艦隊国の住民となり、合衆国政府と交渉を行なうため渡航するのであれば、外交特権をフルに活用できることになる。

　これは国際法を盾にとった大泉内閣の姑息な手段だが、それを全面的に受け入れた大官寺も、突拍子のないことでは世界最高峰の人物と言えるだろう。

「ようこそ、自由と博愛の国へ」

　特別入国審査を終えた麗たちを、合衆国政府の事務官が出迎えてくれた。

　これは一般の入国審査と違い、かなり甘いチェックしか入らない。どちらかというと、ＶＩＰ専用の儀礼的な検査である。場所も一般人とは別で、空港の通路ひとつ隔てたコーナーに設置されていた。

　なにしろ事務官たちは、愚連艦隊の莫大な財産を日本政府の単独管理にさせないよう、なんとしても合衆国の取り分を確保しろと命じられている。本来であれば、財務長官あたりが揉み手で出迎えたいところだが、それではアメリカ政府のメンツが潰れるため、あえて下っ端に出迎えさせたらしい。

　そのため、下にも置かない扱いである。

「なにが、博愛だ。自由は自由でも、アメリカの自由は、勝った者の自由ではないか。博愛は、勝者が敗者へ与える慈悲にすぎん。そんなことも、貴様は学校で習わんかったのか？」

　いきなり、グランド親父が吼《ほ》えた。

　相手に媚びる者を、この親父は許さない。今日、ただの一般市民（でも、外交官だけど）に蹴落とされても、持ち前の強烈な自我は健在である。

「これは申しわけありません。あちらの世界では、そう教えられているのですね。しかし、ここは帝国ではなく民主主義国家ですので、人民による人民のための政治の下では、皆が平等と博愛を享受する権利があるのですよ。

ともあれ、建国理念については後で摺りあわせますが、いまはホワイトハウスへ御同行願います。あなた方は異世界からの賓客であり、愚連艦隊の正式な外交担当と認識しておりますので、フォレスト大統領以下、皆が首を長くしてお待ちしている次第でございます」

相手がアメリカ帝国皇帝だと聞いていた事務官は、最初、どのような人物かと恐れおののいていた。

それが言葉の端々にある、卑屈なほどの遜《へりくだ》った表現として表われている。

だが現れたのは、カウボーイハットをかぶった南部親父そのもの。東洋人の麗を除けば、南部の田舎には掃いて捨てるほどいそうな一家でしかない。

これが別の世界では、合衆国最大の企業連合体の会長であり、かつ夫婦でアメリカを支配していた皇帝一家であるなど、いくら聞かされても信じられない状況だった。

「俺が皇帝になったのは、ほんの半年前のことだ。それまでアメリカは、ここと同じ合衆国だったから、そんなことは言われんでもわかっておる。ともかく、大統領を待たせてはいかん。ルーズベルトもそうだったが、大統領を待たせると、あとで法外な政治献金をふっ掛けられる。帰ってきた早々、そんなことになっては敵《かな》わんからな」

以前なら誰もが恐れおののくグランド親父の言葉だが、ここではそれも通用しない。

ただの大法螺吹きか、頭のおかしい人物と判断されるのがオチだ。

しかし事務官は、相手が数兆ドルもの価値のある資産を有する艦隊の、対合衆国担当であることを知らされている。そういった意味では、心の中では呆れても、それを顔に表わすことはできなかった。

「表にリムジンを待たせてありますので、さあどうぞ」

そう事務官が言った途端、通路のむこうから、無数のフラッシュが焚かれた。

どこからか、『アメリカ皇帝、万歳！』と声がしたが、たちまち何者かによって排除された。たぶん国内右翼を警戒した、政府のシークレットサービスだろう。

ともかく、グランド一家のことは、すでに全米マスコミにも伝わっている。

ことが別世界ながら、アメリカの皇帝一家ともなれば、充分に市民の興味を沸き立たせる。歴史の浅い合衆国にとって、自国に王室や皇室がないのはトラウマみたいなものだから、そこへひょっこり現れたグランド一家は、一種の亡命王室のような扱いとして珍重されるわけだ。

むろん、ヨーロッパの古い歴史に憧れをもつ民族派右翼団体ともなれば、グランド一家を、新たなアメリカ皇帝として崇《あが》め奉るのは当然の帰結と言えるだろう。

「皆様のことは、合衆国市民も大いに気にしています。たぶん夜のニュースでは、トップニュースとして流されるでしょう」

暗に愛想よくしてくれと頼みつつ、事務官は、まるで旅館の番頭のように一家を案内していく。

「そのうちグランド一家の名は、合衆国を代表するものとなる。いまから、それを知っておくのも良いだろう。なにしろ儂は、大官寺から対米交渉権を一任されておる。そこから生まれる利益も、すべて我が一家を通さないかぎり、ビタ一文、世界へ還流することはない。

つまりグランド一家は、そのまま愚連艦隊御用達のグランド商会というわけだ。愚連艦隊の資産を国際運用するためには、我が家の許諾が必要となる。これに一切の例外はない。いいか、ここのところ、出迎えたマスコミ連中にも、しっかり伝えておけ」

いきなり高飛車に出た親父だったが、もし本当に大官寺が許諾したのなら、当然といって良い態度である。

まあ……あの大官寺のことだ。

お宝をかき集めることには熱心でも、それをどうするかなど無頓着なはずだから、商売の鬼であるグランドへ、運用を一任してもおかしくない。

むろん日本政府に任せるより、百倍もバクチ的な判断なのだが、大官寺はバクチも大好きだから手に負えなかった。

それでも大泉首相は、艦隊資産の半分を陸揚げしているのだから、事実上、資産の半分は日本政府が活用し、残り半分を世界が活用する裏談判が、すでにでき上がっているクサい。

もしこれが本当なら、大泉首相、国益を守るためには何でもする、立派な大宰相である。

「ははっ！」

グランドに怒鳴られた事務官が、文字通り平身低頭している。

どうやら、この事務官、合衆国で最初の犠牲者になることが、すでに内定したようだ。

なんの犠牲者かといえば、グランド帝国復活の人柱《ひとばしら》である。資本力にものを言わせた強引なやり方は、グランドがもっとも得意とする事業拡大の手法だけに、その尖兵にされるのは間違いない。

しかも、先ほど騒いだ右翼政治団体なども、いずれ強力な手足となって動いてくれるはずだ。

前の世界では成金だけだったが、こっちでは元皇帝の名も効き目を有している。まさに鬼に金棒、グランドに威勢である。

アメリカン・ドリーム……。

これからグランド一家が演じるのは、この言葉で表わされることだ。

そしてアメリカ合衆国は、時間流が違っても、それを容認する風潮があった。

問題があるとすれば、それらすべてが、愚連艦隊の資産運用によって行なわれることだろう。

すなわち……。

アメリカ合衆国は、悪魔の資金に手を出してしまったのである。

＊

時はふたたび、七月一〇日……。

すでにどっぷりと日も暮れた伊東湾に、大官寺の声がひそやかに流れていた。

「つまらんのー」

伊東の風呂にも飽きた大官寺は、ここのところ、陸奥艦橋の司令長官席に居残ることが多くなった。

あまりにも平和な平成日本に、そろそろ飽きてきたらしい。

世界では国際テロの嵐が吹き荒れていて、自衛隊もイラクへ派遣されているというのに、純粋な軍事組織である愚連艦隊には出番がない。

どこへ行っても戦わないと気がすまない大官寺だけに、いまの飼い殺し状態は我慢ならないようだった。

「何が、つまらないのですか?」

大官寺の言葉尻を捉えるなど、どこのアホかと思えば、例の作家集団の一人である。

質問したのは、轟参謀長そっくりの鎌北健太だった。

前回のマスコミ公開で味をしめた総力戦研究所のメンバーは、その後、大官寺と直取引きを行ない、月に一度の定期訪問の許可を取っていた。簡単にいえば、これまで新宿で宴会を行なっていたのを、愚連艦隊の酒保で行なおうという魂胆である。

むろん宴会には目のない大官寺だから、即座に許可を下した。

もちろん、ただそれだけでは世間様に言いわけできないため、表むきは、『愚連艦隊の太平洋戦史』という、架空戦記作家合同陣によるドキュメンタリー作品を執筆するための独占インタビューという形式を取っている。

これは、いずれ映画化やTVドラマ化される予定の企画のため、民放各社もこぞって資金提供してくれた。むろん企画担当をしたのは、阿立社長の企画会社『へびーすたっふ』である。

でもって……。

今日は定期宴会日ということで、今回担当の足元純と鎌北健太の二人が乗艦している。

本来なら、伊東市の荻地区に在住している羅聞祐斗も参加するはずだったが、なんでも持病のギックリ腰と高血圧を併発したとかで、今頃は自宅でのたうっている頃である。

「男子たる者、家を出たら三人の敵とまみえる覚悟を持て……昔、誰かがそう言った。思えば前の世界では、儂の周囲は敵だらけじゃった。それが時間流転移した途端、敵なんてとんでもないと言う。

日本は平和国家で、戦争を放棄した。自衛隊という立派な軍隊を持ってるくせに、それを国権の発動に使用しないと憲法に書いてしもうた。それも、自分たちで決めた憲法なら自業自得と諦めもつくが、あのマッカーサーに押しつけられたものとはなあ。

儂らの世界じゃ、マッカーサーはフィリピンへ戻れなかったため、希代の嘘つきと言われておったもんじゃ。アイシャル・ノーリターンと馬鹿にされたものよ。ともかく、この世界に儂らがいなかったがために、日本は戦争に負けてしもうた。

それが、一番つまらん。男子たる者、一度負けたら倍にしてお返しするもんじゃ。負けて尻尾を丸めるくらいなら、最初から喧嘩するな。やる以上は勝つのが喧嘩というもんじゃろう?」

最初から最後まで、いまの日本には物騒すぎる言葉ばかりだ。

こんなことを大泉首相が言えば、たちまち政界は大混乱におちいってしまう。

「でも、いまさら合衆国と戦争する状況にはありませんよ?」

いくら轟に似ているとはいえ、鎌北は、いちおう常識人として通っている。

大官寺の愚痴にも、生真面目に答えていた。

「そりゃそうじゃ。しかし、仮想敵ならいくらでもおるじゃろう？　日本の権益を脅かす国家、なにかといちゃもんつけてくる国、領土問題を知らん振りする国……なんなら儂らが、いっぺんにカタを付けてやってもいいんじゃがな」

そりゃ、やめたほうがいい。

大官寺が乗りだすと、かえって複雑化するだけだ。

さらに言えば、現在の愚連艦隊の装備では、なにかとタカってくる某国を除いて、万が一にも勝てるわけがない。

それくらい、架空戦記業界で飯を食っている鎌北には自明のことだった。

「……それにしても、ずいぶん寂しいなあ」

鎌北たちの会話を無視して、隣でしきりに除霊を行なっているのは、神霊作家としても名高い足元純である。いまも顔面を蒼白にしつつ、懸命に印を結んでいた。

どうやら陸奥艦橋には、よほどの悪霊が巣くっているらしい（当然である。それは大官寺の守護霊――地獄の大魔王に違いない）。

「轟参謀長も寺中も、鎌田の司令部に上がっておる。ずっと半舷上陸じゃから、こっちに残っている者は半数にすぎん。せっかくの宴会も、主要人物がおらんのでは盛り上がらんのう。すまん事だが、こればかりはしかたがない。それで、今日の酒肴はなんじゃい？　そろそろ酒保での用意もできた頃じゃろう？」

なんと三人は、酒保の主任に宴会の準備を任せっきりにして、それが完了するのを待っていたのである。

これは艦隊の私物化そのものだが、そもそも大官寺は、艦隊を私物としか考えていないため、これはこれで王道を行っていることになる。

「夏は魚も美味しくないので、今日は肉中心だそうです。しかも今は、BSE問題の余波で、牛の内臓料理がなかなか口にできません。そこで今日は、国産牛のホルモン料理を、特別にあつらえてもらいました。これで飲む焼酎は、なかなかのもんですよ」

総力戦研究所の宴会では幹事を務めている鎌北だけに、ここらへんは手落ちなく行なっている。金にものを言わせた強引な料理だが、たしかにうまそうだ。

その尻馬に乗る総力戦のメンバーもアコギだが、楽しければなんでも良しとする連中だけに、誰一人として自重する気配はなかった。

「うむ。モツの味噌煮込みは、儂も大好物じゃ。では、さっそく参ろうかの……ん、なんじゃ、あれは?」

長官席から腰を浮かせかけた大官寺が、その姿勢で止まった。

艦橋前方にある防弾窓の外を、目を細めて見ている。

つられて、鎌北と足元も見た。

「なにか見えますか?」

そこには、伊東湾に浮かぶ夜釣りの船の明かりしかない。

見ている方向は沖のほうだけに、街明かりといえば、初島にあるリゾート施設のものだけだ。

いずれも、注視するほど珍しいものではない。

「なにがって……おぬしらには、あれが見えんのか?」

大官寺の目は、海面よりずっと上の空間を見つめている。

あたかも、そこに何かがあるような口ぶりだった。

「はあ？　なんも見えませんが……」

除霊を中断した足元まで、怪訝そうに外を見ている。

「馬鹿こくでないわい。あそこにしっかりと、軍艦が見えておるではないか！」

そう言われても、見えないものは見えない。

とうとう大官寺、ボケたか。

戸惑う二人は、当然のようにそう思った。

「うむ。あれは翔鶴《しょうかく》に瑞鶴《ずいかく》、瑞鳳《ずいほう》もおる。あっちは比叡《ひえい》と霧島《きりしま》。間違いなく帝国連合艦隊じゃ。どうやら海戦直前らしいが……うーむ、敵は米海軍、ホーネットとエンタープライズか。いったい、なんの戦いじゃろう」

大官寺には思い当たるフシはなさそうだったが、架空戦記作家の足元にはピンときたようだった。

「……それって、南太平洋海戦じゃないかなあ。翔鶴・瑞鶴・瑞鳳と比叡・霧島の組みあわせは、たしかその時だけだと思ったけど？　とくに比叡は、そのあとに沈んでるから、第二次ソロモン海戦じゃなきゃ南太平洋海戦しかない。他には、隼《じゅん》鷹《よう》も参加しているはずだけど……でもって第二次ソロモン海戦には、瑞鳳は参加していないだろ？」

後半は、鎌北に質問する形になった。

なにしろ自分では見えない幻影を検証するのだから、いかに神霊作家であっても確証は得られないらしい。

隼鷹に関しては、たんに大官寺が見のがしただけであり、実際には幻影の片隅にしっかり写っていた。つまり大官寺が見たのは、間違いなく南太平洋海戦に参加する艦艇である。

「まあ、それはともかく……なんで、大官寺長官だけに見えるんだろう。これが心霊現象なら、おたくの専門だから、一緒に見えても不思議じゃないと思うけど」

「いや、なんも見えんし、なんも感じない。だから、これは、心霊現象じゃない」

やけに確信をもって答えた足元は、その目を大官寺にもどした。

「ふむ……こりゃ、面白そうじゃ」

太平洋戦争時代の海戦の幻影に興味を示した大官寺は、身を乗りだすようにして見入っている。

ちなみに愚連艦隊の歴史に、南太平洋海戦は存在しない。

ミッドウェイに初参戦した愚連艦隊が、その後の歴史をむちゃくちゃにしてしまったからだ。足元が説明できた通り、いま見えているらしい海戦は、こちらの世界の歴史で起こった戦いのようだった。

となれば大官寺には、目新しい戦いに見えるはずだ。

だからこそ、子供のように見入っているのだろう。

「……見ているだけじゃ、つまらんのー。儂も、あそこに行きたいのー」

そう、大官寺が言った途端。

漆黒の闇の一点に、凄まじい光輝が爆発した。

「うわわわわー、引き込まれるー！」

情けない鎌北の叫び声が、伊東湾に響きわたった。

しかしそれは、急速に消失した光の爆発とともに、すっかり消え去ってしまった。

そして湾内には、何事もなかったかのように、、、、、、、船一隻とてない水面が広がっていた。

三

一九四二年一〇月二五日　ソロモン海域

何事が起こったのかと、鎌北は『ぼーぜん』としていた。

この場合、漢字の『茫然』とか片仮名の『ボウゼン』では、適確に状況を表現できない。まさに平仮名で、『ぼーぜん』と書くにふさわしい表情だった。

どのくらい『ぼーぜん』としているかというと、爆睡した翌日、目覚めたら周囲が薄暗い、これは朝なのか夕方なのか……まったく自分で判別できない状況に似ている。一種の錯誤状態のため、不思議な感覚になる。

そこから現実認識が立ちもどってくるまでは、一種の精神喪失状態なのだから、これはもう一過性の病人である。

隣で大官寺が、しきりに嬉しがっているのも、なんだか別世界のような感じがする。

これを精神医学用語では『感覚乖離』という。酷くなるとノイローゼだ。

「……足元。たしか、夜だったよなあ?」

陸奥艦橋の周囲は明るい。

どうみても、ついさっきまで見ていた夜の伊東湾ではない。

空はどこまでも青く、ぽっかりと入道雲が浮かんでいる。陽射しは強烈で、影のコントラストもくっきりとしている。つまり、真っ昼間だ。

「なんと摩訶不思議な。現世《うつしよ》は夢か、夢こそ真、真の夢こそ現世……アビラウンケン・ソワカー！」

問われた足元、懸命に印を結んでいる。

ここで密教の真言を唱えても、あんまり意味がないと思うけど。むろん、ナウマクサマンダー・バサラダンカンでも、オンバサラ・ダトバンでも、究極真言であるオンキリキリエイソワカでも駄目だろう。

自分でもそう思ったのか、次は般若心経を唱えはじめた。

「ふーん。どうやらあれは、ブーゲンビル島らしいのう。あそこの半島には、見覚えがあるぞい。さてさて、どうしたもんじゃろうかの」

異常な状況になると、反対にまともになる大官寺だけに、いまも状況分析に余念がない。

そこへ当直に就いていた艦務参謀が、首を傾げながらやってきた。

「長官、ここはどこです？　どうやら水深のある場所らしいですが、錨を上げてもよろしいでしょうか」

現在、愚連艦隊は伊東湾にいた時と同じ状況――錨を降ろして停泊している。

ところがよく見ると、ゆっくりだが艦が動いている。これは錨が自分の役目を果たしていないことを意味していた。

「そんなもん、貴様が自分で判断しろ。艦隊が漂流しているんだから、もはや停泊状況にはない。それくらい、見りゃわかるぞい！」

大官寺、元気である。

よほど伊東沖で退屈していたに違いない。

そこへ、ようやく話のわかる人物が現れた。

「なにが起こったんです？　航空隊の休憩室で、スパカーTVのF1番組を見てたら、いきなり断線してしまったんですが……」

現れたのは、弓月隊長。

ちなみにスパカーとは、かつて民間衛星TVの両雄だったスーパーTVとカルチャーTVが合併してできた会社で、デジタル衛星放送技術により、じつに数百チャンネルもの番組を放送する一大衛星テレビ局である。

これまた、日本政府が愚連艦隊を伊東沖に留め置くための措置だが、自動衛星追尾式集合パラボラアンテナを各艦に取り付け、艦内数カ所に有線で番組配信するマスターチューナーを設置するだけだから、一艦あたり数十万円の投資にしかならない。

これで数百兆円の資産を引き止めようというのだから、かなりセコイやり方と言えるだろう。

それにしても、弓月がF1のファンだとは知らなかった。

ここのところ国産エンジンメーカーの活躍が顕著で、日本人ドライバーも頑張っているから、たとえ時間軸の違う世界であっても、弓月の国粋主義に共感を与えたに違いない。そうでなくとも、戦闘機乗りとF1パイロットは似たような雰囲気があるため、もしかしたら自分もレースに出てみたいと思っているのかもしれなかった。

「F1？　ああ、あのオモチャみたいな自動車競争か。あんな地べたに這いつくばった競争をするくらいなら、いっそ軍用機レースでも始めたほうが面白そうじゃのー。うちの空母に積んでる艦上機で、いっぺんやってみるか？」

大官寺の唐突な提案に、弓月は本気で揺さぶられたようだった。

残念ながら平成時代では、プロの軍用機レースは存在しない。もしF1なみに厳格なレギュレーションを定め、レシプロ機のみでの軍用機レースを開催したら、たしかに観客を動員できるかもしれない。

問題なのは、どのくらいのフィールドで競技させるかだろう。あまり広くするとTV以外の観戦が不可能になるし、狭すぎると面白くない。せめて接触事故が起こっても、パイロットが落下傘で降下できるくらいの安全なスペースが必要だろう。と、まあ、このように想像をはためかせる程度には、興味をそそられる題材である。

それを大官寺が言いだすと、冗談ではすまなくなる。

軍用機とパイロットは遊んでいるし、開催資金も腐るほどあるからだ。

「はあ、それはそれで魅力的な提案だと思うんですが……それよりも、どうやらまた、例のアレが起こったみたいですね。もしそうだとしたら、まずは所在確認が優先されると思います」

さすが、まともな弓月。

誰も言いださなかったことを、すんなり口にした。

「所在確認なら、もうできとるわい。ここは昭和一七年あたりの南太平洋、ソロモン諸島近海じゃ。自分の目で見たんだから、間違いない。儂が帝国海軍の艦隊を見つけて、面白そうだと見つめた途端、そこに引きずり込まれたんじゃ」

そういえば、そうだ。

常に諸悪の根源は大官寺である。愚連艦隊の隊員なら、誰もが知っている常識だった。

「また、長官の仕業ですか？」

いまに始まったことではないと、弓月もさほど落胆した様子はない。

しかし、艦橋内の光景を見て、すぐに眉をひそめた。

「参謀長と寺中大佐が、見当たりませんが……」

大宮寺の暴走を食い止める二人がいない。

これは弓月にとって、由々しきことに違いなかった。

「あやつらは、伊東基地に上陸したまんまじゃ。そういや艦隊参謀長がいないと、なにかと困るのう。そうじゃな……これ、そこな鎌北なる書生、もそっと、ちと近こう寄れ」

大宮寺が猫撫で声を出す時、かならずや不吉なことが起こる。

この声を聞いて背中に鳥肌をたてた艦橋スタッフも大勢いたが、呼ばれた当人の鎌北は平成時代人のため、きょとんとしていた。

「ふむ。見れば見るほど、そっくりじゃの。ここまで似てれば、充分に代役が務まるじゃろう。これ、艦務参謀、たしかリネンに出してあった参謀長の制服、いくつかあったじゃろう？　それを取ってきて、こいつに着させてやってくれ。これからこいつが、鎌北参謀長じゃ」

そりゃ、あまりにも無茶。

いくら轟参謀長とうりふたつでも、似ているだけで参謀長が務まるわけがない。

だが、弓月を見ると苦笑いしている。

どうやら、誰がやっても同じと思っているのだろう。

「それと……そこの足元氏。あんたも橋本博士と似たようなもんじゃから、たった今から、艦隊付きの状況分析顧問博士じゃ。名前も足元博士と呼ぼう。平成時代に行ってから、儂もちっとは勉強したんじゃぞ。巷の本屋に溢れておる架空戦記なる小説本なら、もう片端から読んでみた。

　そうしたら、いずれの書も、なかなか面白いことを書いておる。氷山を空母にでっち上げるとか、五〇万トン級の戦艦空母とか、第七の空母とかいう毛唐の書いた本も、なかなか面白かったのー。儂も、実際にあったら欲しいもんばかりじゃて。

　貴様も、そんなもんを書いている連中の一人じゃから、こういった時の状況分析には慣れておろう？　ついでに戦記記録の担当も引き受けてくれると、なお嬉しいんじゃが……」

　そういうと大宮寺は、長官席にある引き出しから、なんと小型のデジタルＤＶＤカメラと、円筒形をした記録用ＤＶＤ‐Ｒディスクの束を取りだした。

　新しいモノに目のない大宮寺だけに、平成時代で手に入れていたようだ。

　どうやらそれで、今後の記録を撮れという意味らしいが、いきなり言われた足元、面食らっている。

「そりゃ、構いませんが……もしここが、長官のおっしゃる通り太平洋戦争時代だとしたら、こんなもので記録しても意味ないと思うンですけど。たしかに時空転移については、架空戦記では使い古された手法ですが、まさか自分まで巻き込まれるとは……。

　ですから、いま我々が気にしなければならないのは、記録なんかじゃなく、どうやって元の世界に戻るかでしょうよ。むろん、僕らにとっては平成時代が元の世界です。昭和の世界にもどってきた長官たちは良くても、僕らはよくありません！」

一から一〇まで、正論である。

架空戦記作家が太平洋戦争時代に時空転移したら、おまんまの食い上げになってしまう。そっちのほうが大問題だった。

それにしても、常人ならもう少し取り乱しても良い状況なのに、鎌北も足元も、すんなりと現状を容認している。こればかりは、やはり普通の人に比べると、頭のネジが数本飛んでいるとしか思えない反応であった。

まあ、そうでなければ、SF業界で生きていけないのも確かである。

「一度あったことは、二度あるもんじゃ。三度目の正直という格言もある。もし儂らが平成時代に戻れたら、この記録は高く売れるぞい？　貴様も記録作家としてウハウハじゃろが。しかも、儂らが時を駆ける、、、、、艦隊ならば、つまらん平成時代に縛り付けられることもない。

歴史を我が手に！　これは儂の夢じゃ。その夢が、もしかしたら現実のものとなるかもしれん。これは天の配剤に違いない。天が儂に、歴史を征服しろと言っているんじゃ！」

どう見ても、天ではなく地獄の配剤である。

しかし、一瞬の出来事だけで、これが二度目の時空転移であることを見抜いたのは、さすが大宮寺であった。

「でも、この歴史は、愚連艦隊の歴史じゃないと思うンですが……」

いくら暴れても、未来に直結しない歴史なら、戻ったところで何も変わらない。

ここあたりは、SF作家でもある足元には自明のことだ。

これが、たんなる時空転移なら、足元の平成時代につながる歴史となる。

それは大官寺の知る歴史とはまるで違う、別の時間流に属するものだ。したがって、異なった歴史を改変しても、大官寺に面白みがあるとは思えなかった。

「どこの歴史じゃろうと、構うもんか。目の前に敵がいれば、そいつと遊ぶのが儂の主義じゃ。ほれ、遊び相手が、そろそろ現われおったぞ」

大官寺に理を説くのは、猫にチンチンしろと言うようなもんだ。

つまり、意味がない。

長官席に新たに設置された液晶ディスプレイが、CICからの映像を映しだしている。

ちなみにCICとは、平成時代の海自艦を見学した大官寺が、自分たちの艦の電探室をそう呼ぶようになっただけのことだ。

なお、現在の愚連艦隊の電探室には、従来の電探の他に、平成時代の民生品レーダー、電探解析用パソコン、音声無線機、艦内LAN制御用サーバなどがあるため、いちおうCICっぽくはなっている。無線通信機能もCICが独占することになったため、従来の無線室はCICスタッフの控室となった。

これらは平成時代の技術だが、軍事用ではない。目ざとく愚連艦隊の利権に目をつけた国内のコンピュータ・メーカーが、将来の利益を見こんでの先行投資と、無償で設置したものだ。こっちは利益誘導型の投資のため、かなり金がかかっている。

ようは電探室に取りつけられた民間船用の近海レーダー受像機とか無線機とかを、長官席のディスプレイと連動させたものだ。もう少し高級な仕事としては、極超短波無線LAN機能を活用し、艦隊各艦をデジタル的に連結させたことが挙げられる。

むろんすべて、コンピュータ・メーカーにとっては朝飯前の仕事である。

全体的にみれば、一〇〇個ほどの端末を連結する小規模ネットを構築するにすぎないため、インターネット技術を応用すれば、毎秒25メガビット程度の転送レートであれば、なにも苦労せずにセッティングできる。ちょっとした会社の、社内無線LANと思えばいい。

これで将来、ネットのバージョンアップを行なう時、数百億の装備改変費用を請求できるのであれば、今回の投資など微々たるものである（暴利すぎると声が出ても、大官寺が払えばそれで商取引は成立する）。そして愚連艦隊にとっても、その頃には資産運用の効果が出て、数百億など月収にすぎなくなっているはずだった。

ともあれ……。

見るとディスプレイには、複数の艦影が映っている。

それだけではない。個々の艦影が、新規設置された水中音響分析装置と連動して、名前付きで表示されているのだ。

ところで、なぜ音紋データのないはずの帝国海軍艦艇を識別できるのかと問われれば、そこはそれ、コンピュータ会社お得意の音響シミュレーションを用い、あらかじめ仮想の艦船データをインプットしてあったらしい。

たんにコンピュータ会社の社員に艦船おたくが紛れ込んでいただけだが、それがここまで役に立つとは、本人も思っていなかったはずだ。

むろんレーダー陰影の大小や反射波の特徴からも、ある程度の艦船識別は可能だ。

結局のところ、どのようにプログラム処理されているかわからないため、結果として識別データが表示されているものの、それが果たして本物かどうかは、実際に確認しなければわからないはずである。

むろん大官寺は、そのような事情など知らないから、表示されているデータを鵜呑みにした。

「ふむふむ。前衛に金剛《こんごう》と榛名《はるな》、機動部隊の随伴に比叡と霧島、後方の本隊に大和と武蔵か。正規空母は翔鶴と瑞鶴だけで、あとは軽空母の瑞鳳のみとは、ちと心細いのう……」

大官寺、また隼鷹のことを失念している。

もっとも、これはしかたないことで、隼鷹は正規空母に準ずる扱いながら、今回の作戦では、前進部隊を担当する近藤信竹《こんどうのぶたけ》直率の第二艦隊に所属しているため、南雲《なぐも》機動部隊所属にはなっていなかった。

打撃部隊に所属する空母は直掩専用のため、航空攻撃隊の数には入らない。そこあたりのことを、大官寺はすっ飛ばして喋っているだけの話だ。したがって、ディスプレイの表示には、きちんと第二艦隊に隼鷹が描かれていた。

「あれ、変だな？」

軍服に着替えた鎌北、なるほど轟参謀長そっくりだ。

仕草まで似ていて、髭もじゃを左手の指でさわりながら首を傾げていた。

「どうしたんじゃ？　ここらへんの歴史なら、お手のもんじゃろう？」

せっかく参謀長代理にしてやったんだから、しっかり働け……。

そう大宮寺の目が光っていた。

「それが、その……この表示が正しいのなら、これは南太平洋海戦に参加した、南雲中将と近藤中将の艦隊のはずです。だけど大和と武蔵は第一艦隊所属ですので、ここにいるはずがありません。

もしいるとしたら、この艦隊は連合艦隊直率艦隊でなければなりませんが、そのような艦隊が南太平洋で動いた史実はないんですよ。これが昭和一七年一〇月におこった南太平洋海戦だとしたら、まだ大和と武蔵は呉にいるはずです。

史実ではミッドウェイ海戦のあと、大和とか武蔵が出撃したのはレイテ沖海戦だったはずです。レイテ沖海戦は昭和一九年一〇月だから、丸二年も後の出来事でしかありません」

言われてみれば、その通りだ。

ここらへんのことは、歴史に詳しい総力戦研究所のメンバーだけに抜けはない。

だが、さらに上手がいた。

「なあ、足元。この時期の大和は、大和ホテルの状況だったよな？　もっぱら活躍してたのは巡洋部隊と機動部隊で、第一艦隊は内地でお休みだったはずだよなあ」

間違ってないとは思いつつも、鎌北は専門家である足元に同意を求めるところが憎い。

当然、自他ともに認める軍事専門家の足元、自慢の知識を披露した。

「いや、大和と武蔵は、一九年六月のマリアナ沖海戦にも一応は参加している。しかし、変だな。昭和一七年一〇月と言えば、大和は別にしても、武蔵はまだ竣工から二カ月しかたっていないから、連合艦隊旗艦にもなっていない。今頃は習熟訓練の真っ最中のはずで、実戦に出てくることはないはずなんだが……」

ここに、武蔵がいるはずがない。

だが、現実にいる。

そして大官寺は、現実主義者だ。

コンピュータは電子頭脳だから万能であり、天地神明に誓って間違いはありえない。未来は薔薇色で科学は果てしなく発展し、宇宙はすぐに人類最後のフロンティアとなる……これが昭和の常識である（むろん、すべて幻想にすぎない）。

「ごちゃごちゃ、うるさいのう。はよう判断せんと、相手が焦れて攻撃してくるぞい。儂らは帝国海軍であって帝国海軍ではない存在なんじゃから、はやいとこ身元確認をしないと敵と見なされる。それで、いいんか？」

それを判断するのは、参謀長ではなく長官の役目……。

喉まで出かかった言葉を、鎌北はあえて呑みこんだ。

せっかく参謀長になれたのだから、早くも地位が惜しくなったらしい。戦記おたくにとって、実在する艦隊の参謀長になるのは、男子一生の夢みたいなものなのだ。

「それは、たしかにまずいですね。それではともかく、無線で交信してみましょう。とはいっても、デジタル式は使えませんので、国際救難無線用に設置されたアマチュア無線用の短波送受信機を使うしかありませんが……それでも、あなたがたの持ってきた無線機の百倍は強力ですからね」

ううむ……。

轟と違い、鎌北は皮肉を忘れない。

これは、明らかに轟バージョンアップ型である。

よし、轟参謀長Rとでも名づけよう。

「なんでもええから、はようせい！」

むろん大官寺、皮肉を言われるのが大嫌いだ。

「参謀長？　航空隊も発艦準備に入ります。よろしいですね」

からかうように、弓月が言った。

本来なら無視するところだが、大官寺に皮肉を言ったことが評価されたらしい。

「準備はええが、まだ飛ぶなよ。相手が攻撃を受けたと勘違いするといかん。儂の見たのが幻でなければ、近くに米機動部隊がおるはずじゃ。そっちが本当の敵だと、あそこの日本海軍に教えてやらねばならん。

ついでに、戦いに混ぜてくれるよう頼んで欲しいのう。平成時代では、いささか退屈しとったところじゃ。こんな美味しい遊び相手、そうそうおらんからのう」

遊びで戦争を仕掛けられる方はたまらないが、前の世界では、それで世界が統一されてしまったのだから恐ろしい。

控えめに見ても、愚連艦隊の装備は昭和二〇年後半のものだから、昭和一七年では相当な脅威である。弓月ひきいる艦戦隊からして、使用している艦戦は、ノースアメリカン／ミリオネア社製のP－51改G型艦上戦闘機なのだ。

これは航続三二〇〇キロを誇り、最高速七五〇キロ、一二・七ミリ六挺と対空ロケット弾六発の重武装を誇る、愚連艦隊最新鋭の艦上戦闘機である。

こんなものに襲われたら、まだ零戦主体の帝国海軍や、ようやくF6Fになりかかった程度の米海軍など、ハエのように叩き落とされる。

それどころではない。

愚連艦隊の戦闘艦には、すべてVT信管付きの砲弾や、射撃統制レーダー（ついでに平成時代の艦隊管制レーダー）、高性能魚探改ソナー、戦艦『伊利野居《イリノイ》』型などには、ミリオネア社製対空ロケット発射装置が六基も搭載されている。

むろん愚連艦隊謹製——橋本博士の大発明である複合和紙装甲も健在だ。

ちなみにミリオネア社がやたらと出てくるが、これこそが前の世界でグランド親父の会社だった、世界最強の軍需産業複合体である。こちらの世界では誰も知らないが、それはもう、スゴイ企業だったのだ。

大官寺が無駄話しているうちに、話はトントン拍子で進んだ。

その結果が、長官ディスプレイに表示された。

『陸奥CICより艦隊LANにてメール受信。発信元・情報艦隊連絡部。電探察知の艦隊は、帝国海軍連合艦隊と判明。相手は我が艦隊の正体をなおも不審がっているものの、敵対する意思なしと判断し、面会を求めている模様。いかが返信いたしますか？』

なんと、メールである。

しかもメールを、ポストペットの猫キャラが運んでいる（情けない……）。

考えてみれば、艦内通信網と艦外の通信網をコンピュータ会社がリンクさせたのだから、LAN内メールくらい使うのは当然だった。

「大官寺より愛を込めて。相手の司令長官は、誰だ？」

齢《よわい》九〇のジジイが、恐るべき速さでキーボードを叩いている。

　これには艦橋の全員、目を丸くした。

　打ち終わった大官寺、にんまりと笑いながら答えた。

「こう見ても儂は、昔からピアノの名人じゃぞい。ピアノに比べたら、パソコンなんぞ簡単なもんで、三日で習得したわ。この長官席専用端末には、儂が個人的に、ハード式のファイアーウォールも設置した。これは、設置会社には内緒じゃぞ。ウイルスは恐いからのう」

　恐るべし、大官寺。

　ことが遊びとなると、もはや限界など存在しない。

　すぐに、返事がきた。

『通信部から愛を込めて……ただし残念ながら、現在職務遂行中につき、艦隊内恋愛はお断りします。相手の司令長官名は、山本五十六大将となっております。以上、情報艦隊連絡部』

　ううむ……。

　気色悪いメールだが、よく考えてみれば、艦隊内通信はすべて、一度、寺中彩子ひきいる情報艦隊旗艦の軽巡アルカディアを経由するのだから、このメールも、実際はアルカディアに乗っている彩子か、その部下の娘たちが中継している可能性が高い（艦隊通信ＬＡＮのサーバはアルカディアにある）。

　本来なら陸奥の艦内通信のため、普通はそこまでやらないはずだが、仕事熱心な彩子（しかも、旦那の雪之丞とは時空を隔てた生き別れ状態になっている）だけに、状況が心配なこともあって、あらゆる通信に目を光らせている可能性があった。

「そんな、馬鹿な！」

メールを覗きこんでいた足元が、即座に叫んだ。

「こら、人の私信を見るな」

すかさず言った大官寺だったが、これは私信とは違う……。

「だって、こんなところに、山本五十六がいるはずないでしょーが！」

史実なら山本は、内地で全海軍に対する采配をふるっている。

それが最前線に出てくるなど、ミッドウェイの敗北以後、ありえる話ではなかった。

「儂の艦隊にも山本五十六がおるんじゃから、ここにいてもおかしくなかろう？」

そういえば、愚連艦隊にも山本がいた。

しかし残念なことに、こっちの山本は人気者のため、TV出演のスケジュールに追われる毎日だった。つまり、すっかり時の人なわけだ。

しかも最近、加齢が進んだ東京都知事の後継として、知事本人から、日本国へ帰化した上で知事選へ出馬しないかと嘆願されている。

なにせ右翼で鳴らした知事だけに、山本なら後継者にふさわしいと思ったようだ。

そんなわけで、いま山本は平成時代の東京に出張中であり、艦隊にはいなかったのである。

「いや、そういう意味じゃなくて……もし、あの艦隊に山本長官がいるとすれば、この歴史は、僕らの時代の過去ではないことになります。またもやタイムスリップではなく、時間流スリップをしてしまったのでは？

ああ、こういう時に限って羅聞氏がいない。時空転移ものなら、アホなことを考えるのは彼のほうが上だからなあ。どうせギックリ腰とカゼと自律神経失調と高血圧と肝臓障害を理由に、またスランプで引き籠ってるんだろう」

羅聞をよく知る足元だけに、吐く言葉も辛辣だ。

しかし、それらはいずれも事実なのだから、たとえ本人がいても反論できない（しくしく……って、誰のコメントだ？）。

「ほう……そうか」

あの平成時代に続く歴史ではないと聞いた大官寺、途端に悪魔的な笑い顔になった。

なんだか、やな予感がする。

「だったら、この世界でどれだけ儂らが暴れても、貴様らの未来には影響せんというわけじゃな？」

あー。

大官寺、どこで仕入れたか知らないが、しっかりタイムパラドックスを理解している。

さっき足元が説明したことを無視したのも、すでに考慮の内にあったからだ。

悪どいことを考える時の大官寺は、織田信長も真っ青の策士に変貌する。それをまだ知らない足元たちは、あまりにも可哀想だった。

「まあ、そういうことになりますが……」

歴史に責任を負わなくて済むのは、足元も同じだ。

ここらへんの節操のなさは、大官寺も架空戦記作家も大差ない。

「ならば、この世界。儂がもろうた」

あーあー、知らないっと。

なにせ前の世界で前科があるだけに、誰も冗談とは思わない。

まあ、ことがミッドウェイ後の昭和一七年ともなると、いかに愚連艦隊とはいえ、補給もなしに戦い続けられるか怪しいものだが、そこはそれ、大官寺に戦略はない。いきあたりばったりで、これまで通り、なんとかなると思っているようだった。

「とはいえ、まず最初に、あそこにおる山本五十六をなんとかせんと、思い通りの遊びはできんじゃろうから、まずは面談に応じると答えよう」

ふたたび、大官寺の指がキーボード上を走る。

その横で、愚痴っぽく足元がつぶやいた。

「もし時系列が史実と同じなら、南太平洋海戦が勃発するのは明日のはず……のんびり面談なんてしてて、本当にいいのかなあ」

大丈夫、なんとかなる。

それが愚連艦隊である。

かくして……。

『あの世界』とも『この世界』とも違う、まったく別の『その世界』に飛びこんだ愚連艦隊、ここでもまた一波乱を巻き起こしそうであった。

四

二〇〇四年七月一一日　伊東

忽然と消え去った伊東湾の艦隊……。

むろん平成時代の日本は、朝から大騒動となった。

まず最初に異変に気づいたのは、二四時間態勢で張り込んでいる民放各社の取材チームだった。

いまや愚連艦隊関連のゴシップは、朝のワイドショーの定番となりつつある。

なにしろ、世界最大の金持ち艦隊なのだ。彼らは日本国に頼ることなく、自力で国家を建設できる資金を有している。なのに伊東湾に居座っているのは、すべて大泉首相との約束を守っているからだ。

その律義《りちぎ》な姿に、日本国民は、すでに失われて久しい日本人の礼節――古き良き伝統と美徳を思い浮かべているのだが、それは大いなる勘違いである。たんに大官寺が、平成時代では危ない遊びが許されないことを知り、不精をこいていただけだった。

だが、英雄なき時代において、英雄はＴＶによって作られる。

ひいき目たっぷりの分厚い鱗《うろこ》を通して見れば、官僚主義とは正反対の大官寺は、豪放磊落《らいらく》な爺さんに見える。こんにち死滅して久しい頑固ジジイというのも、ＴＶ局にとっては得難いキャラである。

となれば、『時の放浪者』として悲劇の人生を歩むヒーローに仕立てるなど、ＴＶ局には朝飯前のことだった。

政府に対する重箱の隅つつきが好きな某左派ＴＶ局などは、政府に対するアンチ・ヒーローとして持ちあげているが、そもそも愚連艦隊は右翼急先鋒――帝国海軍なのだから、これは本末転倒しているようにも思える。

それにくらべれば某右派ＴＶ局などは、単刀直入に、日本が戦後に失ってしまった諸々の総決算として愚連艦隊を見ているのだから、こっちはかなりすっきりしている。

その右派・左派入り乱れた伊東湾のオレンジビーチ取材陣が、まだ朝も明けきらぬうちから、大声で全国へむけてメッセージを発しはじめたのである。

ちなみに、今日は参院選の投票日だというのに、本当にこれでいいんだろうか……。

「……ん？」

愚連艦隊基地になっている某休業ホテルの一室で、寺中雪之丞は、いつも通りに目をさました。

昨夜は、彩子が艦隊勤務のため乗艦していたせいで、久しぶりの独身気分を味わえた。結婚してから遠ざかっていた参謀部若手と、伊東市内にある『あっぱれ』という名の飲み屋にくり出したのも、新婚気分が薄らいできたこの頃の鬱憤を晴らすためだった。

ちなみに『あっぱれ』の名物は、活きのいいイカの刺し身である。

獲れたてのイカをさばいても、店で出る刺し身より鮮度が落ちているように感じるのは、昼に陸揚げされたイカを、一度、氷でしめているからだという。いわゆる店主のこだわりなわけだが、それだけに他では味わえない最高級の刺し身となっている。

下田で新鮮な魚の味を知っている寺中などは、現地人の紹介で来店してからというもの、すっかり病みつきになってしまったようだ。

「おい、大変なことになってるぞ！」

眠い目をこじ開けると、目の前に、轟参謀長の髭ヅラが最大倍率でアップになっていた。

「うわわわっ！」

思わず逃れようとしたが、もう遅い。

「寺中、艦隊が消えてしまった。早く目を醒ませ！」

髭をじょりじょりと頬に擦りつけられ、いっぺんで目が覚めた。

これは参謀長の究極必殺技として、艦隊内では恐れられている。

「艦隊が消えたって……ま、まさか！」

消えたというのだから、出港したのではない。

そこらへんの使い分けは、轟もしっかりしている。

となると……。

「ああ、俺たちが平成時代に現れたのと同じように、忽然と消えたそうだ。もしかしたら俺たち、この時代に取り残されちまったのかもしれんぞ」

これは大変である。

しかし寺中、次の瞬間、叫んでいた。

「あ、彩子〜！」

彩子は艦隊とともにオサラバした。

となると寺中は、妻にも見捨てられた新妻ならぬ新夫だ。

いくら新婚倦怠期とはいえ、相手が消えたとなると、失って初めてわかる未亡人の気分というわけで、情けない声に、すべてが込められていた。

「ともかく、はやく着替えろ。日本国政府の伊東駐在員から、事の真相を問い合わせる電話が鳴り続けている。なにが起こったか知らんが、ともかく基地にいる俺たちで対処するしかない。長官は案の定、艦隊と一緒に逃げた……」

大官寺が不在となれば、序列から行っても、艦隊責任者は轟参謀長となる。

その責任の重さを感じてか、いつになく真剣だった。

＊

「……話をまとめますと、愚連艦隊の軍備すべてが消失した、これでよろしいでしょうか？」

いかにも東大出の秀才らしい外務省の中田参事

官が、轟や寺中の発言をまとめた上で、確認のため質問した。

ここは、基地にある小宴会場。

本来は数十人規模のパーティーを行なう場所だが、いまは楕円形のテーブルが設置され、政府が派遣した実務者レベルとの協議の場となっている。

いつもなら、政府閣僚の誰かが血相を変えてすっ飛んでくるのだが、今日が参院選投票日ともなると、さすがに所属政党の選挙対策本部を離れるわけにも行かず、かわりに担当省庁の官僚を送ってきたらしい。

その結果がアレだから、政治家とは哀しい職業である。

「基地内の警備のため、若干数の小火器および携帯用の武器は残っていますが、主戦力としての装備および艦は、すべて消え去りました」

参事官の質問に、轟は正直に答えている。

これが大官寺だったら、治外法権を理由に絶対答えないはずだ。

愚連艦隊が平成時代の警察組織なみまで武力を低下させたとわかれば、日本政府も脅威とは判断しない。そこらへんの力関係に関しては、大官寺のほうが数億倍も敏感である。

「となりますと、両者の立場も根本的に見直す必要が出てきますね」

案の定、抜け目のない中田参事官、相手の弱みを突く作戦に出てきた。

むろん平成時代の日本政府には、武力で相手を恫喝するといった頭はない。そんなことに自衛隊を使ったら、それこそ国民すべてから愛想をつかされることなど、猛烈な受験勉強のせいで、他者を蹴落とすことにかけてはプロフェッショナルとなった彼ら官僚には、何よりも増して敏感に感じられることである。

「はあ？」

朴念仁の轟は、ここらあたりの機微がピンとこない。

しかたなく寺中が、よこから口を挟んだ。

「これって日本政府にとっては、かえって良かったんじゃないですか？　もちろん自分らには大変な事態なんですが、少なくとも戦争放棄を憲法で宣言している日本にとり、過激な武装集団が国内から消失したことは、国際的な立場から見てもプラスに転じる要素となる……そう思うンですけど」

夫婦の力関係に関しては、明らかに彩子の尻に敷かれている寺中である。

となれば、山の神との力関係にも敏感であり、こういったことには目ざとく気付くようになっていた。

「おっしゃる通りです。御理解頂けているのなら、話は早いですね。もし愚連艦隊の皆様が御希望でしたら、現在の超法規的滞在を改め、穏当な国外難民扱いにすることも可能です。こうすれば緊急避難の名目も立ちますので、今後の国際的な交渉の場においても、かなりのメリットになると考えられますが……いかがでしょう？」

独立国家の親善訪問レベルから、一気に難民扱いとは、さすが大泉政府のやることは意表を突いている。

とはいえ、いかに難民と言えども世界一の金持ち集団には違いない。

資産の半分は艦隊とともに去ったが、残る半分は、いまもって平成時代に存在する。そしてそのすべてが、現在は日本政府の委託物となっているのだから、今後このままだとすると、困るのはアメリカに渡ったグランド一家ぐらいのものだろう。

それらのことを大前提として、すでに政府は腹案を用意していたらしい。

「ちょっと失礼」

寺中が答えようとするのを、横から割り込んだのは、伊東在住の作家・羅聞祐斗だった。

多重病苦を理由に自宅に引き籠っていたのだが、つい数時間前、愚連艦隊全権代理の名で、轟参謀長が電話をしてきた。そして、これから政府との協議に入るが、たしかお仲間が艦隊と共に消失しているはずだから、羅聞氏も政府交渉に参加して欲しいとの要請を受けたのである。

とどのつまり、平成時代に疎い轟が、羅聞に補佐役を頼んだことになる。

こうなると、病気はたんなるスランプの言いわけに過ぎないため、仕事の取材がてら喜んで出席すると答えてしまったらしい。あとで編集さんにバレるのは見え見えなのに、なんとまあ軽率な行動である。

「難民を受け入れるっていうことは、いずれ身の拠《よ》り所を政府が保証するということですよね？　そうでなきゃ、あまりにも無責任でしょう。まさか艦隊資産をすべて没収したら、さっさと国外追放するなんてこと、考えていないでしょうね？」

無体な想像をするのは、羅聞の得意技である。

なんでそこまで……と、誰もが思うほど、支離滅裂な空想を発展させる。そうでなければ、とうの昔に作家生命を失っていただろう。つまり希代のホラ吹き能力が、かろうじて作家の地位を保証しているわけだ。

しかし、それを現実世界に当てはめられた中田参事官こそ迷惑だった。

「誰も、そのようなことは言ってませんよ。貴方も平成時代の作家なら、現在の日本政府が、法を無視して無体なことなどできないことは、百も承知の上で相談役を引き受けられたのでしょうに」

中田の返答には、あからさまな侮蔑が込められていた。

本来であれば三文作家など、このような場に出席できないのだ、身分をわきまえろ……そう言いたいに違いない。

「あれ？　なにわ号ハイジャックの件は、法治国家が順法精神を発揮した結果でしたっけ？　一連の紅軍派問題なんて、いまも尾を引いてるじゃないですか。そういや、人間の生命は地球より重いとのたまわれた、時の首相もいましたよねえ」

過去を持ちだされると、中田も返事に窮してしまう。

だいたい外務省の人間なのだから、口が裂けても日本が順法国家であるなど言えないはずだ。時の政府ごとに法律解釈が違い、憲法ですら解釈だけで自衛隊を合法化したほどではないか。

それでも袋小路に追い込まれると、最後には超法規的行動の一言で、簡単に法を逸脱する。これが日本政府の得意技であり、そのお先棒担ぎが外務省なのだ。

そんな国家の対外交渉窓口であるはずの外務省参事官なのだから、突っ込まれると返事に窮するのも当然であった。

「ま、まあ……あれは、あれ。こちらは、こちらで考えていただかないと、なにも話が進みません。ともかく愚連艦隊の存在は、すでにアジア近隣諸国からも苦情が出ていますので、政府としても、このままではいけないと思っていたところなのです」

「それも、詭弁でしょ？　近隣諸国から苦情ったって、あなたが得意とする某アジアの大国とか、いつもいちゃもんばかりつけてくる某国とか、かつて日本軍が迷惑をかけた戦勝国家だけじゃないですか。そこまでして、外務省はアジア利権が大事なんですか？」

架空戦記作家を相手に、一筋縄ではいかない。一部の歴史には異常なほど詳しいし、考え方もかなり片寄っている。

いま羅聞が言ったことも、某右派マスコミなら諸手をあげて称賛するだろうが、某左派マスコミになると、ブラックリストに載せるほどの危険思想保持者となるはずだ。

「誰も、そんなこと、言ってません！」

とうとう、切れた。

せっかく言質を与えないよう苦労して会話しているのに、相手は想像だけで野放図に拡大解釈してくる。これでは、切れるしかない。

「まあまあ……。難民扱いも良いですが、ともかく何が起こったのか、平成時代の誇る科学力で、なんとか解明して欲しいものです。私らとしても、仲間の半分が消えてしまったのですから、心中穏やかではありません。

今後の身のふり方も大事ですが、ともかく部員の動揺をおさめることが先決と思いますので、政府のお力で、なんとか真相究明と艦隊の帰還について、対策を練っていただけないでしょうか」

穏便に告げた轟だったが、これは無茶な相談である。

愚連艦隊員から見れば魔法の国のような平成時

代であっても、艦隊消失の原因を究明し、あまつさえ艦隊を伊東湾へ復帰させることなど、ほぼ絶望的に無理だ。

しかし中田参事官は、優秀な官僚だけに、あいまいな笑顔で答えた。

「それらについては、政府と協議の上、前向きに善処いたします。そこでお願いなのですが、日本国内に残っている艦隊資産を、一時的に凍結させていただきたいのです。むろん、政府運用枠については従来通りですので、運用益の支払いも行なわれます。

問題にしているのは、まだ運用先が決まっていない大半の資産です。愚連艦隊内部の混乱が終息するまでの一時的措置ですので、ぜひ御了承頂きたい。いかがでしょう？」

どうやら中田参事官は、アメリカで盛大に動いているグランド親父の動向が、ものすごく気になるようだ。

もともと、合衆国より某アジア大国に近い筋を持つ人物だけに、外国へ利権を与えるなら、某アジア大国のほうが先と考えているのだろう。これらは国益と密接に関係しているため、それが良いとか悪いとか判断できないものだが、たかが官僚風情が国益を云々すること自体、完全な越権行為であることだけは確かだった。

「うーん、それらに関しては、長官の一存で決まってましたからなあ。ここで自分が決めて良いものかどうか……では、ともかく自主的に資産運用を一時停止しますので、もう少し時間を下さい。そのうち、なんらかの進展もあると思いますので」

こういった日和見《ひよりみ》的な判断は、轟の得意とするところである。

あの大官寺のことだ、地獄の底からでも、絶対に戻ってくる。なんら保証のあるものではないが、轟は確信をもって、そう思った。

結局のところ……。

ああでもないこうでもないと議論は尽くされたが、結局、成り行きを見守るしかないとの結論に達したのみだった。

艦隊資産の半分は陸揚げされているので、政府が丸損する可能性もないため、真剣に艦隊の行方を心配していないのも、話が煮えきらない原因になっている。

ともかく、艦隊の武力が消滅してしまった以上、残された愚連艦隊員は、当面のあいだ難民扱いにすることで決着した。そして愚連艦隊基地は、当座の難民センターに指定され、これまで通りの生活が保証されることになった。

かくして……。

平成時代のほうは一件落着と思いきや、そうは問屋が卸《おろ》さなかったのである。

第二章　珊瑚海海戦

一

一九四二年一〇月二五日夜　ソロモン海域

「ほほー」

大官寺が、腕組みをして感心している。

しかしそれは、相手に敬意を表しているようには見えず、あい変わらず偉そうに値踏みしている態度でしかない。

そのポーズのまま、言葉を続けた。

「ミッドウェイで失った正規空母の穴埋めができるまで、なんとか米軍の反攻作戦を阻止しようと、今回の出撃を行なった……ついでに、苦戦しているガダルカナルの陸兵を撤収させられれば幸い……まとめれば、そういうことじゃな？」

大官寺のいる場所は、空母『陸奥』の作戦会議室。

そこへ山本五十六以下を招き、初の会合を行なっている最中である。

しかし連合艦隊司令長官ともなると、そう簡単に総旗艦を離れることはできない。そこで両艦隊が折りあった結果、双方の総旗艦が直掩部隊ごと接近し、最終的に総旗艦同士で接舷しそうなほど接近、そこではじめてランチによる陸奥移動が実現した。

あれやこれやの手続きや艦隊移動で、最初の交信から八時間以上経過しての会談だけに、すでに周囲は暗闇に包まれている。これで足元の予測が正しければ、明日には接敵するというのだから、両艦隊とも、まったく呑気な話である。

「ほぼ、その通りです。最近の米海軍の増強には目を見張るものがありますので、ここで敵の空母を一隻でも沈めておくことが、大東亜戦争の趨勢《すうせい》を大きく変えることになると考えております。

また、ガダルカナル撤収は一時的なもので、いずれ米海軍を漸減《ぜんげん》したのちには、あらためて再攻略するつもりでいます……とまあ、これは陸軍に対する建前でして、実態は戦線縮小に他なりません」

生真面目な表情で答える山本五十六。

大官寺の知る山本は、つねにトラウマに悩む哀しい司令長官だったが、こっちの山本は堂々としている。

むろんそれは、こっちの世界に大官寺がいないためだ。

やってきた山本も従官たちも、誰一人として大官寺重蔵の名を知らなかった。愚連艦隊の正式名称である『独立特務艦隊』も、一言のもとに「そのような部隊は存在しない」と断言されたのだから、どうやらこの世界、大官寺の世界より足元たちの世界の過去に近いらしい。

それでも、ミッドウェイで大敗したというのに、またしても第一艦隊を含む大規模部隊で海戦を挑む余力というか気概が残っているのだから、こっちの山本のほうが、足元たちの史実より多少は元気らしい。

「で、儂らも混ぜてくれと頼んだ件、どうじゃな？」

　得体の知れない大艦隊、しかも半数近くが、明らかにアメリカ製の艦で占められている部隊の申し出だけに、まともな神経の持ち主なら、素直にうんとは言わない。

　当然ながら、こっちの山本は海軍の至宝とまで言われる人物だから、いかにも胡散《うさん》臭い大官寺の態度を見て、よけいに不審感を募らせているようだった。

「御助力頂けるのは喜ばしいことですが、すでに敵艦隊も間近に迫っているとの情報もありますので、艦隊協調訓練も積んでいない両艦隊が連合するのは、いささか無理というものでしょう。

　とはいえ、こうして日本語で話しあえるあなた方を、我々は敵とは見なしておりません。あなた方が時間と空間、さらには歴史を飛び越えてきたという話も、にわかに信じ難い部分多々あれど、実際に我々の部隊を上回る戦力を有しておられることも事実ですので、いまは頭で理解したとお答えすべき状況にあります。

　問題なのは、すでにあなた方が帝国海軍の所属ではなく、独立愚連艦隊という名称のもと、一種の軍事独立国家として行動なされていることです。こうなりますと、ことは軍事的な問題ではなく、純粋に政治的問題となってきますので、我々が共闘するには国家間の軍事同盟締結が不可欠となるでしょう。

　ようは、帝国政府と国家間交渉をしていただかなければ、一介の軍人でしかない私には、どうすることもできないということです。そういうわけですので、あなた方が勝手に行動なされるのは当然の権利ですが、我々としては、共に同じ旗のもとで戦うわけにはいきません。

さらに言えば、現在我々は戦争遂行中の部隊ですので、軍事行動を阻害された場合、自衛権を発動できることになります。ですから、くれぐれも我々の作戦行動を阻害なされることのないよう、充分に気をつけてください。もし艦隊行動や作戦行動の邪魔になると判断した場合、警告した上で実力排除する場合もありえますので」

山本の声は、堂々たる自信と自負に満ちていた。

しかし大官寺は、軽く鼻で笑うと答えた。

「そりゃ構わんが、儂らに戦いを挑むと、全滅するのはそっちじゃぞい？　老婆心から言うておくが、大和や武蔵の主砲弾、さらには艦爆の二五〇キロ徹甲爆弾や艦攻の五〇〇キロ爆弾では、儂の艦隊に所属する戦艦の特殊装甲は破れん。

対する儂らの艦爆は、いずれも一トン徹甲爆弾を搭載しておる。戦艦ではないが、打撃艦『久重』型の主砲は、もともと大和型の四六センチ四五口径砲じゃから、撃ちあっても負けることはない。

戦艦といえば、『伊利野居』型もおるぞ。これはアイオワ型を改造したもんじゃが、四六センチ四五口径二連装を四基搭載しておる。この砲は日本製じゃなく、アメリカ製の高初速砲だから、大和の主砲をアウトレンジできるはずじゃ。

ともかく、すべての兵装において、帝国海軍は儂らに遅れをとっておる。まあ、これは米海軍も同じじゃがな。どうしても信じられないというのなら、これを見てみい。おい、鎌北参謀長！」

しっかり名指しされた鎌北、いそいそと会議机の上にノートパソコンを持ちだした。

　これではまるで、轟クローンである。

　ちなみに足元純のほうは、先ほどから小型DVDカメラを構え、会談の一部始終を記録中だ。

　鎌北がパソコンの蓋を開くと、待機電源がONになり、すぐ画面が現れた。

「このレーダー合成画像は、我が愚連艦隊の水上偵察戦闘機『藍雲《らんうん》』の一部に搭載されている、ルックダウン方式の合成開口レーダーによるものです。画面がゆるやかに流れているのは、これがリアルタイム……即時かつ継続的に、夜間索敵行動の結果を電送しているためです」

　言うに事欠いて、『我が愚連艦隊』とは、鎌北も乗りやすい性格だ。

　完全に、轟参謀長の役柄を演じきっている。

　ともあれ、そこまで言うと、画面上に図示されている小さな金属質の立体図形を、ノートパソコンのUSB端子に連結したマウスカーソルでクリックした。

　すると、たちまちそれは拡大され、かなり鮮明な空母の形となった。

　もとがレーダー合成画像のため、まるで液体金属でできたフィギュアのようだ。それでも見る者が見れば、かなり個艦識別が可能なくらい鮮明な画像だった。

「ご覧のように、画面上に示された艦には、MAC・エンタープライズと表示されています。MACはメイン・エアクラフト・キャリアーの略だそうですが、どうもソフトを作った人物の勝手な造語のようですね。米軍の正式用語ではCVなんですが、ソフトを改良できないので、そのまま表示しています。

　ともかく、これは米軍の正規空母エンタープライズの、いま現在の映像というわけです。彼らの現在位置は、本艦の東南東五二度二二分、距離一二六三・五六キロメートル、艦隊進行速度は、平均時速で二二ノットとなっています。これが、あなた方の探しておられる敵艦隊でしょう？

距離と位置に関しては、多目的情報衛星が使えれば、もっとメートル単位でお知らせできるのですが、この世界の上空には存在しませんので無理です。同様に、GPSを使用した測距もできません。それができれば、もっと楽になるんですが……」

なるほど……。

愚連艦隊がのんびりしているのは、これがあったためか。

説明する鎌北も余裕の表情なのだから、昼間に足元が愚痴をこぼした後、大官寺が得意げに、平成時代に手に入れた新兵器を披露したに違いない。

それにしても、機載の合成開口レーダーとは、あまりにも最先端すぎる装備である。航空自衛隊だって、早期警戒機など一部の専用機にしか搭載していない。

むろん、これもまた、例のコンピュータ会社が先走りした結果である。

従来からの自衛隊御用達である防衛産業関連の会社ではなかったコンピュータ会社が、なんとか自衛隊から注文をもらえないかと頭をひねったあげく、まず愚連艦隊を実験台にしてデータを収集し、それを土台として受注を実現化しようと思ったらしい。

しかも、モノが機載の超小型合成開口レーダーなら、民間需要としても開発メリットがあるため、新参会社にも手掛けやすかったようだ。もし実用化されたら、おもに不動産部門やカーナビゲーション部門など、リアルタイムで変化する立体子細マップを必要とする業界において、絶大なる威力を発揮するだろう。

「……これは、まことのことか⁉」

さしもの山本も、おもわず驚きの声を漏らした。

いま見ている画像が、自分たちの追い求めている敵艦隊、しかも今現在の画像だといわれても、にわかには信じられないに違いない。

この時期の日本軍だと、夜間の航空索敵ですら夢なのだから、レーダー合成画像など、西方浄土にある極楽の夢みたいなものだ（ただし米側は、すでに夜間索敵技術を確立している）。しかもそれがリアルタイムに電送されているなど、狐に化かされるより非現実的な出来事と感じていることだろう。

「これは儂らが、未来の平成時代に立ち寄ってきた証拠じゃよ。こんなもん、未来ではあたり前のことじゃ。しかも、驚くでないぞ。この画像に連動して、儂らは主砲を統制制御できるんじゃ。つまり……たとえば、ここにおる戦艦サウスダコタに照準をつけたければ、ここにある主砲ボタンをクリックして、そののちサウスダコタにマーキングすりゃええ。

そうすれば、あとは勝手に、電子頭脳が各艦の主砲の射角を計算してくれる。結果は各主砲塔のディスプレイに表示されるから、もはや主砲指揮所は不用なわけじゃな。儂がここでマウスをいじくるだけで、艦隊連動斉射も可能なんじゃよ。

空母艦上機についても同様で、各機に配備されている新型無線機には、各機ごとに識別信号が割り当てられていて、そこにくっついている超小型電子頭脳《PU》の働きにより、爆弾照準から射撃の命中確認まで、なんでもやってくれる。

　つまり儂は、このディスプレイを眺めているだけで、航空攻撃隊が何隻の敵を沈めたか、また何機の敵機を撃ち落としたか知ることができるんじゃよ。これら一切合財が、貴様らには夢また夢の技術のはずじゃ。

　だから、先ほど言ったことは、脅しでもなんでもない。ごく控えめに、儂らの実力を教えてやったにすぎん。まあ、貴様らが、あからさまに敵対しない限り、儂らとしても昔のよしみの親戚みたいなもんじゃから、こっちから攻撃することはないがな。

　やっぱり遊び相手は、米軍のほうがええ。あやつら、相手が強いとわかると、とたんに腰抜けになるからのー。最初の偉そうな態度との落差を見るのが、いつもの楽しみなんじゃ。それにくらべれば、帝国海軍は真面目すぎておもしろうない」

　どうも、最後の遊び感覚だけはついていけそうにないが、その他の部分については、山本以下、帝国海軍の重鎮一同、なんとなく納得したようだった。

「……つまり、あなた方が本気を出せば、ここに映っている米艦隊など、赤子の手をひねるより簡単……そうおっしゃりたいわけですね」

　ようやく屈辱を感じはじめたのか、山本の声が低くなった。

　むろん大宮寺は、最初から相手をおちょくっているのだから、この反応は遅すぎるくらいだ。

「ようやっと、理解できたかいな。まあ、それじゃ面白うないから、貴様らにも華を持たせてやろうと思うてな。明日未明の航空出撃は、貴様らの腕試しに譲ってやる。儂らは、どこか適当な場所に移動して、勝手にやってるから心配せんでいい。

そうじゃな……勝敗にかかわらず、明日夕刻からは、儂らも戦いに混ぜてもらう。たぶん明日の夜には決着してるじゃろうから、手柄をたてるなら明日の夕刻までにせえよ。そうでないと、儂らがみんな取ってしまうぞ」

最後の最後まで、大官寺の揶揄《やゆ》する調子は変わらない。

ついには山本以下、憮然とした表情で黙りこんでしまった。

「……戦闘に決着がついた後、あなた方はどうなされるのです？」

そんな中、最初から憮然とした表情だった宇垣纏が、唐突に発言した。

そういえば愚連艦隊にも宇垣がいるが、こっちは二人ともそっくりだ（むろん愚連艦隊の宇垣もまた、山本と一緒にＴＶ局の餌食となっていたため、こっちには来ていない）。

したがって性格も同じらしく、二人とも限りなく暗い。

「儂らの実力を確認したら、あらためて帝国政府との仲介を取ってもらいたいのう。さっき山本長官が言っておった、軍事同盟の件じゃ。こっちの条件は、儂らの装備にあった砲弾や砲身などの消耗部品の調達と、伊豆半島の下田か伊東湾を、艦隊泊地として認めること。あとは海軍なみの物資補給をしてくれればええ。

どうじゃ、安い用心棒代だと思わんか？　帝国海軍が、もうひとつ増えるようなもんじゃぞ。しかも中身は、雲泥の差でこっちが優秀なんじゃ。儂らを味方にすれば、米国打倒など朝飯前、世界征服も夢じゃないぞい」

悪魔の囁きとは、こういうことを言う。

これまで大官寺は、この囁きによって、何人もの人生を狂わせてきた。

ただし、被害者すべてが愚連艦隊関係者になっている現在、真相は闇の中である（むろん、独立愚連艦隊シリーズの読者だけは知っている）。

「……確かに、承《うけたまわ》りました。しかし今は、海戦前の臨戦態勢です。この件につきましては、艦隊参謀長の私が、長官と相談の上、間違いなく帝国政府へお届けいたします。では、議題も尽きたようですので、これにて散会願います。御武運を」

最後のほうは定例句じみていて、まったく感情がこもっていなかった。

しかし、そんな些細なことを気にする大官寺ではない。

「武運を祈るなら、自分自身にせい。儂らは心配御無用じゃ。さあ、久しぶりに楽しくなるぞい！」

もはや大官寺、山本以下には興味を失ったらしく、さっさと席を立ちはじめた。

あまりといえば、あまりの仕打ち……。

長官付き武官の黒島亀人など、目を仁王像のようにひん剝き、視線で大官寺を射殺しそうな気配だ。

「……敵に回さずに良かった」

大官寺が出ていった直後、山本がぽつりと呟いた。

さすが、まともな山本五十六。

いくら罵倒されようと、相手の実力を適確に把握することだけは忘れていない。

「しかし、長官！」

まだ怒りのおさまらない南雲忠一が、目尻に涙を溜めて訴えている。

「敵の敵は味方だ。先ほどの画像を見ただろう？　敵の空母は二隻だ。こっちは三隻だが、搭載機数でいけば優劣つけがたい。よって今回の海戦の勝敗は、どっちが勝ってもおかしくない。

彼我ともに優劣つけがたい戦力だから、愚連艦隊が味方につけば、それだけ勝利の確率が高くなる。これは単純な算数問題だ。我々は軍人である以上、勝つためには手段を選んでおられる状況にはない」

よほどミッドウェイの敗北が痛かったのだろう。

山本の言葉を聞いて、誰もが歯を噛みしめつつも、あえて反論する者はいなかった。

勝つためには、手段を選ばない……。

この時期の山本なら、そう思ってもしかたない。

だが、その手段が問題だ。

よりによって、悪魔に魂を売りわたす契約書に、血のサインをしたようなものである。

愚連艦隊を味方に引きこむことは、そういうことだった。

二

一九四二年一〇月二六日未明　ソロモン海域

敵空母部隊の撃滅を命じられた南雲機動部隊は、愚連艦隊に教えられた敵情報を信用せず、自力で確認すべく未明の航空索敵を行なった。

これは夜明けと同時に敵の居場所を探るためのもので、うまく行けば、さほど時をおかずに航空攻撃を行なうことも可能である。そして二四機の索敵機のうち、空母『翔鶴』の放った二機が、ほぼ愚連艦隊の提供したデータ通りの位置に敵艦隊を発見したのだった。

『すべて提供情報通り。以上！』

これを放った航空通信兵は、さぞや口惜しい思いだったに違いない。

自分たちの決死の努力が、たんなる事前情報の確認にすぎなかったことが判ったからだ。

それは南雲も同様で、第一航空戦隊旗艦『翔鶴』艦橋には、これでもかというほど嫌な雰囲気が漂っていた。

「全力出撃！」

それでも南雲は、ミッドウェイの怨みを晴らすべく、零戦四〇機／九九艦爆四〇機／九七艦攻二六機による航空攻撃隊を飛びたたせた。

普通であれば、第二次航空攻撃も視野にいれ、ここは半数出撃に留めるべきだろうが、大官寺にああまで言われては、ここで一気にケリを付けたいと思うのも当然である（史実では、きちんと半数出撃している）。

「頼むぞ……」

艦橋デッキに出て帽子をふる南雲は、祈るようにつぶやいた。

いかに驚異的な装備を持っていようと、愚連艦隊に、我が神聖なる帝国海軍を愚弄する権利はない。それを証明するためには、先手を打って戦果を上げるしかなかった。

その尖兵たる航空攻撃隊が、いま飛び去っていく……。

南雲でなくとも、祈りたくなるのも当然だった。


と、その頃——。

肝心の愚連艦隊は、どこへ行ったのであろうか。

じつは昨夜、会議が終了したのち、南方へ針路を変更し、ブーゲンビル島とチョイセル島の間を抜け、そのまま珊瑚《さんご》海方向へと全速で走りはじめていた。

なんのために……？

そう大官寺に訊くのは、野暮というもの。

とりあえず山本たちに進路を譲る以外、なにも考えていない。

その証拠に、夜明けと同時に始まった南雲部隊の攻撃を、高性能無線機で傍受しながら、大官寺はなにごとか考えていた。

「とりあえず、エスプリッツサントの米軍基地でも攻撃するか」

唐突に、弓月にむかって言った。

すかさず弓月、大官寺の眺めているディスプレイに目をやり、つぎにマウスを借り受ける。

『航空航続』のボタンを押した後、艦隊の現在位置で左クリックし、そのまま艦隊をはなれるようドラッグすると、奇麗な白色の円が広がっていく。

これが航空隊の航続半径を示しているわけだ。

そしてその円は、エスプリッツサント島の外側で止まり、それ以上は広がらなかった。

プログラム的にはたいしたことのない仕事だが、大官寺たちが見れば驚異的な作戦補佐に思える。

まさに平成時代は夢の国である。

「たしかに航続圏内ですね。敵もまさか、ここを攻撃されるとは思っていないでしょう」

ここでもまた、『なぜエスプリッツサント島を？』と訊いてはいけない。

『そこに基地があるからじゃ』と、返事がくるに決まっている。

ようは、逆立ちしても帝国海軍や米軍には真似のできないことを、大官寺はやってみたくてしかたがないのである。

「では、ただちに航空攻撃隊の出撃を行ないます。ちなみに出撃機数は、三分の一編制で充分ですよね？　なにせ片舷上陸のせいで、艦上機数のほうが隊員数より多いんです。予備兵まで集めても、全機数の三分の二にしかなりませんので、三分の一編制出撃といっても、実質的には半数出撃と同じになります」

まさか娯楽ついでの攻撃に、全員を出撃させるわけにはいかない。

艦隊の直掩にも戦闘機を残さねばならないし、夕刻にも出撃を行なう関係上、最大戦果を上げるためには隊員のローテーションに気を使わねばならない。常識人の弓月だけに、そこのところを確認しないわけにはいかなかった。

「ああ、ええぞい。どうせ本番は、夕方の攻撃になる。それまで暇だから、ちと遊ぶだけじゃ」

三分の一とはいえ、じつに三四〇機の大部隊だ。

これでもなお、情報艦隊に所属する護衛空母『マニラ・ベイ／ソロモンズ』を勘定に入れていないのだから恐れ入る。なんと弓月は、総数一一二〇機にも達する航空戦力を自在にあやつる、世界屈指の航空隊長なのである。

でもって、いきなりエスプリッツサント島攻撃が決まった。

この命令は、長官席から発せられた『熊さんメール』により、まず陸奥CICを経由し、情報艦隊旗艦『アルカディア』へと届けられた。そこでメーリングリストに変更され、全戦隊の全所属艦CICへ、『猫さんメーリング指令』として配布された。

ちなみに猫さんとか熊さんというのはポストペットのことで、ようは画面上でメールを配達してくれる郵便キャラのことだ。

　彼らがトコトコとメール命令を運ぶ姿は、血生臭い戦場における一陣のそよ風……になるわけもないが、なぜか彩子のお気に入りのため、だれも文句がつけられない状況にあった。

＊

時空が変わって、ほぼ同時刻……なわけないか。ともあれ、なんとなく同じ日時ではないかと思われる、平成一X年七月一二日である。

　このところ日本国内では、某国に拉致されていた不幸な女性が、某国に残っている家族と再会するため、遠く赤道付近まで出かけていき、そこでめでたく涙の対面を果たしたとか騒いでいる。

　これは日本政府の大金星で、東南アジア諸国に、これでもかと日本国の国民に対する態度を知らしめることに成功したようだ。国家が国民を守るのは当然のことだが、これまでの日本政府は、なぜかその責任を放棄してきた。つまり、今回ようやくマトモな国家になったわけだ。

　こうなると、良識ある国民も機敏に反応する。なんと前代未聞なことに、『私たちの税金を、このために使ってくれてありがとう』というコメントすら発した者までいた。

　政府の役人たちも、この言葉には涙した者も多かったに違いない。敗戦後の日本が、主権を回復して数十年……ついぞ国民のあいだから、公式にこのような言葉が漏れることはなかったからだ。

　それを今の大泉政権が言わしめたのだから、もしかしたらこれは、日本の歴史において画期的なことなのかもしれない。そのため一時的に、愚連艦隊消失のニュースもお休み状況である（参院選のニュースは、アホらしくて話題にもならんかった）。

もっとも、政府と艦隊残留組との調整がうまくいったせいで、ひとまず残留している全隊員を難民扱いすることになったため、世間も一件落着と思ったらしい。いまもってＴＶに出ているのは、例の山本と宇垣纏だけだった。

驚くことに先日のワイドショーでは、宇垣が、、、、、、、カナリア教団毒ガス事件についてコメントしていた。これは国内で初めてホスゲンガスを使った化学兵器殺人事件を起こした教団員の、警察関係者に対する狙撃事件の経緯に対するコメントである。

そこで宇垣は、『すべては、軍隊で若者が訓練しないことに原因がある』と力説していた。

同席している山本も、『あの信者たちも海軍に入っていれば、あのような思想偏向など受けることもなかった』と婉曲に同意したのだから、ＴＶ局としては大喜びである。

どうやら二人は、今の日本人が言いたくても言えないタブーを、ことごとく代弁してくれるありがたい存在らしい。

古き良き時代の代弁者……それが、ＴＶ局が二人に張ったレッテルである。

このぶんでは、芸能人の離婚問題についてコメントする日も、そう遠くないはずだった。

そのような状況の中……。

ほっと一息つける状態になった愚連艦隊基地では、また新たな動きが始まっていた。

「すみませーん。これ、どこに置けば、いいんですかー?」

ぴちぴちした黄色い声が、旧ホテルのロビーに響きわたった。

「あ、すみません。それは二階の講義室へお願いします」

答える轟参謀長も、どこか嬉しそうだ。

たんなる指示に留まらない男の感情が、参謀長の声に含まれていた。

「あなた!?」

とたんに、横にいた女房――文子の肘鉄を食らい沈みこむ。

日頃は和服の似あうおしとやかな文子だが、怒ると恐い。さすが九州の女である（詳しくは、前シリーズを参照のこと）。

難民指定となったため、基地内へ難民ボランティアが多数入りこんだための椿事《ちんじ》だが、愚連艦隊の女子の大半が情報艦隊に所属していたため、基地は極端な男所帯になっていた。そのため、色気に関係するものは、誰もが大歓迎である。

さらにいえば、難民ボランティアとは思えない、なかなか色っぽいネーチャンも混じっている。彼女らもボランティア参加には違いないのだが、どうやら艦隊の資産が目的のようだ。金のあるところに美女が現われるのは、古今東西の常識である。

「あたたた……て、寺中、ちょっと彼女らの相手をしてやってくれ。こっちは、一時撤収する」

脇腹を押さえながら、轟は寺中へ声をかけた。

美人の女房に嫉妬されたのだから、相手をしてくれるのは寺中くらいしかいない。

他の隊員たちは、そそくさと足を遠ざけていた。

「へいへい」

彩子消失の痛手から立ち直ったのか、寺中もいそいそと駆けつけてきた。

むろん、こんな場面を彩子に見られたら、それこそタダでは済まないのだが、まさか時空を越えて怒鳴りこまれることもないだろう。

「あの～」

轟に相手をしろと言われた女の子とは別の、左手階段あたりにいた女子集団の一人が、おずおずと声をかけてきた。

「へ？」

思わず立ち止まった寺中雪之丞、相手がなかなかのカワイコちゃんと知り、つい鼻の下がびろんと延びる。

だが、このパターンは、彩子と初めて出会った時と同じだ。

その後の経緯を考えると、最初の出会いの瞬間に、すべてが決定していたことになる。ああ、雪之丞、進歩がない。

「あの、私たち……どうしても愚連艦隊に入りたいんです。どうしたら入隊できるんですか？」

ほれみろ、言わんこっちゃない。

昔ならともかく、いまは妻子ある身……あ、まだ子供はいないか。

「入隊っていわれても……艦隊はどっかに行っちゃったし、僕ら、いまじゃ難民扱いですよ？」

「それでも構いません！　私たち、短大を卒業したもののフリーターにしかなれなくって、どこかに素敵な就職口はないかって思ってたんです。そうしたら、愚連艦隊には女の人は少ないって聞いたもので……つい、ボランティア募集に応募しちゃったんですが、じつは就職口を探していたんです。何でもしますから、雇ってくれませんか？」

そういえば、まだ世間の新卒者は氷河期のままだ。

とくに女子短大などの就職率は、絶対零度に近い冷えこみ状況にある。彼女たちも、なんとかまともな就職をしようと懸命なのかもしれない。

それに愚連艦隊といえば、世界有数の金持ち集団である。ＴＶなどでマスコミ露出もしている。そこで職場結婚できれば、一気にセレブの仲間入り……そこまで彼女たちが考えているかどうかは、寺中にはわからなかった。

だが、それとこれとは、話が別だ。

「うーん、僕じゃわからないなあ。あそこにいる参謀長が、いまここの最高責任者だから……あー、文子さんにケリ入れられてる。このぶんじゃ、しばらく近づかないのが賢明だなあ」

自分で言っておきながら、さっさと諦めた。

もし大宮寺がいたら、寺中が相手するより先にでしゃばってくるところだが、あの糞ジジイも、いないとなると不便なところもある。これは大発見である。

「駄目なんですか～」

どうせ演技なのだろうが、しょんぼりとしている。

そして女の子の演技に騙されるのは、寺中のオハコである。

「あ、そういう訳じゃ……ともかく、名前はなんていうの？　連絡先を教えてくれたら、あとで返事しますから」

すると、背後から眼鏡をかけた別の子が進み出て、目の前の女の子に耳打ちした。

「未来《みく》、教えちゃダメよ。どうもこの人、怪しい。下手すると、あとでストーカーされるわよ。個人的に仕事をやるとか、甘いこと言われてさー」

ううむ、寺中もストーカー扱いとは可哀想だ。

「でも……就職しないと、実家に帰らなきゃならないし……」

未来と呼ばれた女の子、どうやら事情があるらしい。

それにしても、『みらい』と書いて『みく』と呼ぶなど、なかなか素敵な名前である。

「わ、わかったよ。それじゃ悪いけど、また明日、ここに来てくれない？　それまでに、艦隊首脳部と相談しておくから。どのみち基地の維持についても、女の子の手が足りないことは確かだから、なんとかしなきゃって思ってたんだ」

取り残された寺中たちとしても、そろそろ平成時代で生きていく覚悟をしなければならない。

それにはまず、愚連艦隊基地をベースとして、なんらかの営利団体に衣更えするのが手っ取り早い。いつまでも難民扱いでは、莫大な資産といえども目減りするばかりだから、きちんと運用すべく組織を立ちあげる時期に来ている。

問題なのは、それらを意思決定する中枢が、ごっそり逃げてしまったことだ。

それが残留組の抱える、一番の悩みであった。

「あ〜あ〜。どうして僕って、こうも貧乏クジばかり引かされるんだろうなあ」

今日も、寺中の悩みは深い。

たぶん、明日も深いだろう。

それが魔王の眷属《けんぞく》になった代償であった。

三

一九四二年一〇月二六日午後　ソロモン海域

「愚連艦隊から入電！」

　南雲のいる翔鶴艦橋へ電文を抱えた連絡兵が飛びこんできたのは、航空攻撃隊が母艦へ帰還してしばらくたってのことだった。

　連絡兵から電文入りの桐箱を受けとった通信参謀が、南雲に許可を受けた後、大声で読み上げはじめた。

「我、エスプリッサントの航空基地を空撃せり。推定破壊機数、約一二〇機。二箇所の滑走路は完全に使用不能。軍港投錨中の軽巡一／駆逐艦四を撃沈。基地司令部を完全破壊。備蓄燃料タンク、全基炎上中。よって本艦隊は、同基地壊滅と判断す。以上であります！」

　史実（あくまで別世界の史実だが）によれば、南太平洋海戦は、まず最初に、米側の哨戒機が夜間索敵中の二六日午前零時五〇分、空母『翔鶴』に対し攻撃をかけたことにより始まっている。

　しかし、こちらの世界では、そのような偶然の遭遇はなかった。

　まさか大官寺との会談のせいで、微妙に艦隊行動のスケジュールが狂ったため、結果的にすれ違ったのではないだろうか。もしそうだとしたら大官寺は、幸運の女神の仮面を被った魔王である。

　こちらの世界の南太平洋海戦は、南雲機動部隊艦上機による、一方的な攻撃で幕を開けた。そして午前中に終了した航空攻撃で、先頭にいた空母ホーネットに四発の二五〇キロ爆弾と二本の魚雷を命中させた。

しかし、大被害を受けたホーネットは、それでも沈まなかった。そこで南雲は、後方にいる主隊の山本五十六に御意見伺いすることもなく、ただちに第二次攻撃の準備に取りかかった。ここまでは、あらかた、別世界の史実と似たり寄ったりの状況である。

だが……。

これまた史実とは違い、今朝の攻撃で大部分の航空機をくり出していたため、すぐ第二次攻撃を行なうことはできない。史実では半数出撃だったから、すぐに次の攻撃が可能だったが、こちらでは全力出撃が裏目に出たわけだ。

再度の出撃を行なうためには、最低でも燃料や爆弾・魚雷の補給を行ない、被害機は出撃部隊から外す作業が必要となる。その結果、それらを二時間で完了させ、航空兵は無理にでも二時間後に再出撃するよう命令が下されたのだった。

二時間後が、じりじりと迫っている。

そんな最中に、愚連艦隊から、暗号すら用いない平文の電信が発信されたのだった。

「……我が艦隊は無線封止中だ。よって返答は行なわない」

たしかに南雲も山本も、愚連艦隊に無線封止を要請しなかった。

そんなことは常識以前だとして、最初から暗黙の了解内だと信じていたからだ。

ところが大官寺は、最初から無線封止などやるつもりはなかったのである。

なにしろ艦隊ＬＡＮは、常時無線電波を出しつづけている。それがデジタル波であろうと、無線電波を発射することには違いない。もし敵に、なんらかの探知能力があれば、ソロモン海域に無線電波の発信元が存在することを察知できるはずだ。

むろん大官寺にしてみれば、常時飛ばしている合成開口レーダー搭載の水偵戦のおかげで、半径一〇〇〇キロ程度の準リアルタイム敵情報を入手できる強みがある。そのレーダーも電波を発射しているのだから、まさにソロモン海周辺は電波の洪水状態である。

現在位置であるニューブリテン島南方海上であれば、南雲機動部隊や米海軍第一六／一七任務部隊の位置はむろんのこと、後方にいる山本部隊ですら広域索敵レーダーの監視下におくことが可能であり、実際、その通りだった。

こうなると、機動的に敵の攻撃範囲外へ艦隊を置くことが可能となり、無線封止の必要性はなくなってしまう。電波を垂れ流ししても攻撃を受ける心配がないのだから、封止する意味がないのである。

まあ、そこまで大官寺が考えているかどうか怪しいものだが、少なくとも現実には、それと同じ判断を下した結果となっていた。

「長官……あの艦隊は、なぜ、エスプリッツサントなど空撃したのでしょう？」

どうしても理解できないと、作戦参謀が首をひねっている。

いま激戦続くガダルカナルの、米軍滑走路を空撃するなら判る。九月一二日に開始された河口支隊の総攻撃が失敗し、すでに日本軍は、逐次戦力投入・漸減消耗という泥沼にはまり込んでいたからだ。

その元凶が、制空権を確保するため米側が死守しているヘンダーソン飛行場以下、数カ所の滑走路にあることなど、すでに帝国海軍も承知している。史実で行なわれた盛大な航空消耗戦——『い号作戦』も、これらの基地が存在したため発生したものだった。

したがって、この時期にヘンダーソン飛行場を愚連艦隊が潰してくれたら、それこそ戦局の一大転機が訪れる可能性すらある。そのため作戦参謀が、それを暗に願ったとしても、大局を見ず小局にこだわっていると非難はできないはずだ。

ここあたりまでは史実と同じらしいが、現在は少し違っている。

史実では、ガダルカナルの攻防は昭和一八年二月まで長引くことになるが、こっちでは、あまりの被害に一時撤収が決まっている。陸兵を引き揚げさせ、航空機と艦砲により徹底的にガダルカナル全域を破壊し、そののち再侵攻するのが山本の戦略であった。

「あの大官寺長官は、山本長官を上回るバクチ好きらしい。しかも、なかなかの策士だ。並みの指揮官なら、たしかに貴様の言う通り、ガダルカナルの敵滑走路を潰すことに狂奔するだろう。それが一番、今回の作戦にとって即効性のある支援行動となるからだ。

ところが愚連艦隊は、遠く離れたエスプリッツサントを選んだ。むろん我が艦隊が、かの地を攻撃するとしたら、最低でもガダルカナル南方海上まで進出しなければならんから、やりたくてもできんのだが……。

それをあの艦隊は、いとも簡単にやってのけた。片道一五〇〇キロ、往復で三〇〇〇キロ以上の航続性能を持っていなければ、ソロモン海中央からエスプリッツサントを空撃できない。ということは、あの艦隊は途方もないアウトレンジ能力を保有しているこ とになる。

やろうと思えば、いまいる場所から、我々や敵艦隊を攻撃することも可能だろう。そうでなければ、あれだけ大言壮語したあとで、南へ進路をむけるはずがない。彼らがいう通り、あの艦隊は驚異的な戦闘能力を有し、我々とは別次元の戦略に基づき動いているのだ。

口惜しいが彼らの言う通り、もし味方になれば、とてつもない戦力になるだろうな。その彼らが、意図的にエスプリッツサントを潰したのだ。それには深い戦略的理由があるに違いない。

そう考えると、後方中継基地としてのエスプリッツサントの姿が浮上してくる。あそこは、敵側の牙城であるサモアと、最前線であるガダルカナルを結ぶ中継点だ。そこには島伝いに飛ぶしかない単発機が、多数待機している。

ガダルカナルで疲弊した航空戦力は、エスプリッツサントで新品同様になり、またガダルカナルへ戻るわけだ。そのための基地が完膚無きまでに潰されたのだから、アメリカ軍の単発機は、もはや船による輸送でしか補給できなくなった。

まさか鈍重な双発爆撃機や双発戦闘機だけで、我が方の零戦隊と戦えるとは、敵も思っていないだろう。となると、残された道はただひとつ……一時的なガダルカナルからの撤収となる。

エスプリッツサントが復旧し、敵攻撃の危険性が惹起されるまで、ガダルカナルは戦略的孤立地域と化す。そこに米兵を置くのは、死ねというようなものだ。あの合衆国なら、必ずや戦線立て直しを考えるだろう。

どうだ？　こう考えれば、愚連艦隊の行動が、とてつもなく思慮深い判断によって行なわれたものであり、長い目でみれば、ガダルカナル空撃などとは比べものにならないほどの戦略的価値を有することが判るはずだ。

あの大官寺という老人、なかなか切れる。さりげなく支援しているように見せかけ、実際には、すでに帝国陸海軍の戦略まで左右しはじめた。こんなことができるのは、山本長官だけだと思っていたのだが……」

堅物の南雲が、ここまで手放しに誉めちぎるとは、なんたることであろうか。

いくら大官寺のことを知らないにしても、あまりに買いかぶりすぎだ。

むろん南雲の言ったことの一から一〇まで、まったくすっかりきっぱりと、大官寺は考えていない。

たんなる思いつき……それが大官寺の行動原理である。

「と、申されますと？　もしかして愚連艦隊は、我々にわざと手柄をたてさせるため、敵艦隊への第一次攻撃を譲ったとおっしゃるのですか？」

にわかには信じられないと、作戦参謀の顔が語っている。

ミッドウェイでは敗北したものの、彼もまた南雲機動部隊の一員として、これまで激しい戦いを経験してきた一人だった。仲間の多くがミッドウェイの海に消えた怨みが、いまの彼の行動原理となっているのも同じである。

そんな彼だけに、いきなり現れた胡散臭い大艦隊が、驚異的な武装にものを言わせてやりたい放題するのは、なんとも耐えがたい屈辱と感じているらしい。

自分たちだって、愚連艦隊と同じ装備なら、より以上のことができる……そう信じていた。

「彼らの言うことが本当なら、彼らは歴史の漂流者ということになる。そうであれば、いくら屈強な艦隊であっても、所詮は根無し草だ。艦隊は補給あってこそ艦隊たりえる。このまま孤立していれば、半年とたたずに鉄屑に成り果てるだろう。

だからこそ彼らは、いま必死になって生き抜こうとしている。大日本帝国の支援を受け、艦隊能力を維持することを願っているわけだ。それには、既存戦力である我々と仲違いするのは、あまりにも愚策でしかない。

願わくば、さりげなく実力を示し、なおかつ恩も売る。自分たちの価値を高めておけば、その後の待遇も良くなるというわけだ。そして彼らは、申し分ないほど、それを実行している……」

他人の口に戸は建てられないと言うが、この場合はけなし言葉なので、今回の南雲の発言には不適切かもしれない。

しかし、いま南雲の口から出た法外な誉め言葉は、いずれ帝国海軍を通じ、大日本帝国の隅々にまで広がっていくことだろう。

たとえそれが壮大な勘違いにすぎなくとも、広まった噂は止めようがない。そして噂が事実となり、真実は闇に消える。これまでも、愚連艦隊には嫌というほどあったパターンである。

それを見識ある人は、魔王の仕業と呼ぶ。

こうなると南雲もまた、魔王の哀れな犠牲者にすぎないわけだ。

まさに大官寺の高笑いが聞こえてきそうな状況だった。

「ならば、お手並み拝見するしかあるまい」

自分に言い聞かせるように、南雲はつぶやいた。

そして意を決すると、長官命令を発した。

「ただちに第二次攻撃を中止する。全艦、反転一八〇度。明日の朝までに主隊と合流し、山本長官の御采配を仰ぐ。すぐ、作業にかかれっ！」

この世界における、かの名高い『南雲大反転』の瞬間だった。

史実では、このあと海戦には勝利したものの、空母『翔鶴』と『瑞鳳』に被害をうけた帝国海軍は、ソロモン海域で稼動させられる空母が『隼鷹』一隻になってしまった（翔鶴は無事だったが、航空隊の消耗が激しく、内地で再編制する必要があった）。そのため、米側の稼動空母ゼロという千載一遇の好機にも関わらず、これ以上の攻勢を維持できなくなった。

だが……。

この世界では、大官寺の横槍のせいで、まだ南雲は一隻も被害を出していない。

明らかに日本軍有利な状況へ、戦線は推移しつつあった。

四

一九四二年一〇月二六日夕刻　ソロモン海域

「南西方向より、敵編隊！」

航空レーダーによる事前察知を成功させた米海軍第一六／一七任務部隊は、夕暮れせまる西の空を睨みつつ、全艦隊が対空戦闘の準備に取りかかった。

午前中の敵襲により、ホーネットが半身不随状態にある。かろうじて攻撃隊を発艦させることはできるが、艦速も低下しているため、思うように艦隊機動に付いてこられなくなっている。

本来なら一時的に退避し陣形を立て直すべきだが、まだこちらの航空攻撃隊が一矢も報いていない状況のため、合同任務部隊を預かるトーマス・C・キンケイド少将としても、このまま引き下がれない状況にあった。

「南西だと?」

予想外の方向だったため、キンケイドは聞き間違えたかと思った。

今朝の攻撃を行なった敵艦隊は、最後に確認した正午前後には、たしか西北西に位置していたはずだ。その後、なぜか索敵網に探知されなくなったため、どこかへ移動したとは思っていたのだが……。

キンケイドとしては、夕刻の索敵を失敗している以上、決戦は明日の朝と思っていた。

日本軍はまだ、夜間索敵能力を持っていない。対する米側は、すでにソロモン海域に夜間索敵機を飛ばしている。現段階のみを見ると、夜は米軍の力強い味方であり、夜明けの攻撃なら間違いなく成功する。技術力の差が、そのまま戦局に影響を与える状況である。

だが、現実は違った。

今朝の敵襲から数時間遅れで、なんとエスプリツサント基地が航空攻撃を受けたとの知らせが舞いこんできたのだ。最低でも二個の敵機動部隊が存在しなければ、この離れ業は行なえない。

しかしながら、キンケイドの把握している敵機動部隊は、ブーゲンビル島北方にいた一個のみ。索敵技術では優れていると思っていたのに、煙に巻かれているのは自分たちのほうだった。

「そうか……やってきた航空機は、エスプリッツサントを攻撃した艦隊のものだな。今朝の攻撃をしてきた機動部隊は、ラバウル方面へ遁走したに違いない。日本軍め、シーソーゲームをやっているつもりか?」

二個の艦隊を使って交互に攻撃させることを、キンケイドはシーソーゲームと表現した。

本来は別の意味に使われる言葉だが、この場合は、なぜかぴったり合っている感じがする。

「敵機来襲まで……あと、五分! 信じられない《アンビリーバボー》……凄まじい速度です!!」

旗艦『エンタープライズ』のレーダー室と直結しているスピーカーから、悲鳴のような声が届いた。

日本軍の航空攻撃隊は、一番速度の遅い九七艦攻に全体が縛られる。重い魚雷をかかえた状態では、時速四〇〇キロすら出せないはずだ。

ところがレーダー観測員の見ている陰影は、時速五〇〇キロを遥かに越える速度で驀進《ばくしん》していた。

これでは、せっかくレーダーで事前探知しても、迎撃準備にかけられる時間が短縮されてしまい、なんらメリットになりえない。

そのうち、前衛を担当する軽巡サンジュアン中心の駆逐部隊から、肉眼による確認報告が舞いこんできた。

「サンジュアンより緊急連絡! 敵は新型航空機。P-40に酷似した戦闘機と、F4Uに似た逆ガルウイングタイプの艦爆だ。いずれも驚異的速度を出しつつ、本隊へ向かっている!!」

まるであざ笑うかのように、敵攻撃隊は、前衛部隊の上空を素通りした。

この時期、米軍ではまだ、P-51は実戦配備についていない。

　したがってP－40と比較するのも無理はないが、実際はP－51改良型なのだから、いま米本土でテストしているP－51開発スタッフが見たら、それこそ腰を抜かすことだろう。

　対するF4U改艦爆は、もとがF4Uコルセア戦闘機なのだから、まったくそのままだ。しかし御本家の米軍は、まだF4Uの空母艦上機としての開発に難航していて、もっぱら基地航空機にしか使っていない。

　これまた、知る人が見たらびっくりである。

「艦戦と、艦爆だけとは……」

　キンケイドの頭は、ますます混乱した。

　日本軍は伝統的に、艦攻に重点を置いている。まるで、大型艦を沈めるのは艦攻の役割と信じてるかのようだ。なのに報告では、それがいない。

　あまりにも異常な状況に、キンケイドは、相手が日本軍かどうかすら疑いはじめた。

　そういえば、なぜ愚連艦隊は艦攻を出撃させなかったのだろう。

　今朝のエスプリッサント攻撃にも、艦攻は使っていない。

　むろん、艦攻も空母に積まれてる。しかしそれは、艦爆や艦戦がミリオネア社製の最新型なのに対し、いささか古くなった愚製艦上攻撃機『天山改二型』である。そのため航続距離も二〇〇〇キロしかなく、他の機種との合同出撃が難しくなっていた。

　それらを考慮した上で、たぶん弓月飛行隊長の判断で、戦爆連合のみの出撃となったのだろう。

「敵機、来ます！」

　上空一五〇〇メートルに陣取ったコルセア艦爆

が、逆落としに突っこんでくる。

コルセアの逆ガルウイングに、大きなダイブ・ブレーキが開いているのが見えるくらいだ。

そして、日本軍のものとは思えない巨大な爆弾が降ってきた。

――ズドドドッ！

二五〇機近い艦爆編隊の、一斉急降下である。

あまりの多さに、爆弾の炸裂音まで繋がって聞こえる。

その一つ一つが、なんと一トン徹甲爆弾なのだ。やられるほうは、たまったものではなかった。

「ホーネット、爆沈！」

まず手負いのホーネットが、一番先に餌食になった。

飛行甲板に四発もの一トン爆弾を食らい、艦全体が飛び上がるように跳ねた。

そこへ、さらに三発もの命中弾を食らったため、艦橋付近から真っ二つになって轟沈してしまった。

これほど凄まじい沈没など、米兵はむろんのこと、日本軍だって見たことはない。

駆逐艦や軽巡なら轟沈もありえるが、まさか二万トン近い正規空母が、一瞬にして二つに折れるなど、誰も自分の目を信じられないような状況だった。

「おのれ……！」

呪詛に近いうめき声を上げたキンケイドだったが、それも一瞬のことだった。

「何かに摑まれ！　当たるぞ!!」

いきなり、誰かが叫ぶ声がした。

二隻しかいない空母の一隻が沈んだのだから、残る一隻になったエンタープライズに、今度は攻撃が集中するのも当然である。

――グワッ！

なにか巨大な鐘でも割れるような、凄まじい金属音が聞こえた。

キンケイドが耳にできたのは、それが最後の音だった。

次の瞬間――。

艦橋横の飛行甲板に命中した一トン爆弾が、遅延信管の故障により触発信管が作動、甲板上にて炸裂した。

発生した猛烈な衝撃波と断片飛散により、なんとエンタープライズの艦橋は、土台もろとも引き千切られてしまった。

一トン爆弾といえば、地表で炸裂すると直径・深さとも一〇メートルの大穴が開き、直径一〇〇メートル内のことごとくを破壊する威力を持っている。それが、わずか艦橋の数メートル横で炸裂したのだから、いかに鉄の塊である艦橋といえども耐えられない。

まるで飴《あめ》細工のように変形し、鋭い断片により引き千切られた艦橋は、キンケイド以下艦隊スタッフもろとも、母艦から三〇メートルも飛ばされた挙げ句、ソロモンの海へと沈んでいった……。

あとは、さながら射的場のようだった。

上空で監視している艦戦隊の弓月ですら、あまりにも一方的な戦いに呆れ返り、なおも攻撃を続行しようとした艦爆隊の隊長に対し、『そろそろ止めようや』と制止の声を発したほどだ。

なにしろ愚連艦隊の攻撃隊は、全機が通信機付属のＭＰＵによる攻撃統制を受けている。そのため無駄な爆弾投下もなく、情報艦隊旗艦アルカディアの誇る、戦闘支援サーバの指定する目標へむけ、ほとんど事務的に攻撃を行なった。

まさに平成時代の民生活力を十全に生かした、恐るべき奇想作戦である（とはいえ、すべてがＳＬＧ《シミユレーションゲーム》と呼ばれる、売れないテレビゲーム程度のプログラム技術で可能なことばかりのため、このシステムを設計したコンピュータ会社、かなり悪どい商売をしていることになる。まさか、ボツにしたテレビゲームのソフトを応用したのではないだろうな……）。

一度の海戦で、米海軍がこれほどの被害を受けたことはない。

あのミッドウェイ作戦ですら、失ったのはヨークタウンと駆逐艦ハンマンのみだったのだ。

ところが……。

今回の南太平洋海戦では、なんと艦隊壊滅である。

生き残ったのは、重巡ペンサコラと駆逐艦八隻のみ。

一時間近くにおよぶ激烈な空撃の結果、第一六／一七任務部隊に所属していた正規空母二／戦艦一／重巡二／軽巡三／駆逐艦五が、瞬く間に波間へ消えていった。

これは米軍にとり、被害以上に深刻な大敗北だった。

二隻の正規空母を失ったため、太平洋に存在する稼動空母はゼロとなったのだ。修理中のサラトガが復帰するまで、米太平洋艦隊は空母なしで闘わねばならない。

対する帝国海軍には、まだ無傷の正規空母二隻——翔鶴・瑞鶴がいる。その他にも隼鷹と瑞鳳も、南太平洋で作戦任務につくことが可能だ。

さらにいえば、米軍がまったく把握していなかった一大戦力——愚連艦隊までいる。

これでは事実上、太平洋は日本軍に乗っ取られたも同然だった。

そう……。

またしても、愚連艦隊による歴史のネジ曲げ現象が起こり始めた。

海戦は一方的な大勝利に終わった。エスプリッツサント島も壊滅し、ガダルカナルの米陸戦部隊は孤立してしまった。

こうなると、日本側がガダルカナルを撤収する理由はなくなってしまう。たとえ山本が戦略的観点から撤収させたくても、もはや陸軍がウンと言わない。大宮寺の支援行動は、かえって史実に歴史の流れを近づけさせたかのようだった。

*

「大本営よりの緊急電が入りました。陸軍部ではガダルカナル撤収を急遽中止し、全島の完全掌握に方針を戻したそうです」

案の定、日本本土からの長距離暗号連絡が入った。

敵艦隊を撃滅して、丸一日経過した二七日夕刻……。

ようやく愚連艦隊が、その勇姿をブーゲンビル島北方へ見せると同時に、山本五十六も南太平洋作戦の終了を宣言した。その上で、山本の艦隊と愚連艦隊が合流し、二度目の会談が執り行なわれることになったのである。

では一昼夜のあいだ、愚連艦隊は、なにをしていたのだろう。

　じつは昨夕の航空攻撃のあと、艦隊に所属する上陸艦隊を分離し、さっさとガダルカナルへむかわせていたのだ。

　上陸部隊には、あの笹本広和《ささもとひろかず》大将ひきいる第一陸戦隊こそ不在のものの、のちに編制された、比較的マトモな第二／第三陸戦隊が所属している。

　総勢三六〇〇名の陸戦隊を使って、大宮寺はガダルカナル上陸を企てていたのである。

　むろん上陸支援のため、第一打撃部隊も付いていった。

　予定では、今夜半より徹底的な艦砲制圧射撃を行ない、明日未明に上陸の予定となっている。それに先立ち、今朝にはヘンダーソン飛行場以下、三カ所の滑走路に対し空撃を加えた。

　これほどの作戦を実施するのだから、本来なら第一機動部隊もまだ戦闘継続中なわけだが、自慢したがり屋の大宮寺だけに、ともかく山本五十六の困った顔を見たいと言いだし、第一機動部隊のみ北上したのである。

「心配するな。明日じゅうに、ヘンダーソン基地を占領してやるわい」

　報告を聞いて顔をしかめた山本五十六に対し、大宮寺がすかさずチャチャを入れた。

　二人が対面しているのは、大和の作戦会議室。

　今度は連合艦隊総旗艦での会談となったわけだが、大戦果を上げた大宮寺だけに、まるで自分が大和の主人であるかのようにふるまっている。

「いくら貴艦隊でも、それはちと無理でしょう。陸軍が、あれだけ攻めても落ちなかった基地ですよ？」

　憮然とした表情で、山本は反論した。

「あんたらは、儂のとこの陸戦隊の強さを知らんから、そう思うだけじゃ。海軍と同じ陸戦隊と思ってはいかん。我が艦隊にいる三六〇〇名の陸戦隊員は、すべて機械化されておる。それも、チンケな日本軍の軽戦車ではないぞ。

ドイツで鹵獲《ろかく》し、ミリオネア社が改良した長砲身八八ミリ砲搭載のティーガーⅡ改重戦車を筆頭に、南洋ジャングル戦にむいたパンターⅠ改機動砲戦車、四号戦車改造の火炎砲戦車、そして主力のミリオネア社製ファイアフライⅡ型中戦車などど……いずれも米軍の主力戦車を上回る性能を持っておる。

むろんジャングル戦では、戦車が主力ではない。歩兵小隊用の装備も、小隊に四名の機関短銃手を配備し、同じく四名に赤外線暗視装置付き狙撃銃を渡してある。この暗視装置は平成時代の秋葉原で大量購入したものじゃから、それはそれはオイシイ性能なんじゃ。もっとも正規軍用ではなく、エアガンとかいう空気銃用だとか言っておったが……。

他の歩兵用小銃も、すべてM1改自動小銃で統一してある。これはM1カービン銃を改良して二〇発入り弾倉を使用可能としたもので、連射・三連射・単射の切り換えができるものじゃ。むろんミリオネア社の子会社製じゃから、米軍制式兵器より良く出来ておる。そのぶん、値段は高かったがのー。

彼らが切り開いた道を、次に行くのが対戦車小隊じゃ。ドイツの携帯対戦車砲を改良し、現存するいかなる戦車の前面装甲も打ち破る貫徹能力を有しておる武器だけに、彼らの前に現れた敵戦車は不幸じゃろうなあ。

それらの強行偵察小隊ですら、無限軌道式の歩兵装甲車で移動するんじゃから、狭いガダルカナルなんぞ、あっという間に縦断してしまう。じゃから、海に近いヘンダーソン飛行場なんぞ、半日もあれば充分じゃわい」

おお、笹本大将がいないあいだに、陸戦隊も強化されている。

肝心の笹本はといえば、じつはまだ、あっちの世界のベルリンにいたりして。

若々しいヒトラーユーゲントにハマった笹本と第一陸戦隊は、そのままドイツ復興と称し、ベルリン駐留軍として居座ってしまったのだ。そして時間をかけて、可愛らしいヒトラーユーゲントたちを、自分たちの思いのままに育てようと考えたらしい。

このぶんでは、新生したドイツ共和国の国軍は、出だしから男色集団になることを約束されたも同然だった（笹本部隊は、世界最高のニューハーフ軍として名高い）。

「御自慢は、もう結構です」

さすがに鼻に付きはじめたのか、山本は露骨に顔をしかめた。

「それよりも、我が海軍の撤収予定を知りながら、なぜ正反対の行動をおとりになられるのですか？これではまるで、陸軍のお先棒を担ぐようなものでしょう。御存知の通り、今回こそ勝てたものの、現在の帝国軍にガダルカナルを維持できる力はありません。

いくら頑張っても、エスプリッツサントが復旧する一カ月後には、ふたたび激戦地となることは、火を見るより明らかではないですか。ならばいっそ、ここは一時撤収し、万全の反攻態勢を整えたのち、包括的観点から南太平洋全域を掌握すべきだと考えますが……」

　ハワイを取るためには、なんとしてもその前に米豪連絡線を遮断し、オーストラリアを降伏させねばならない。そうしておかないと、ハワイで孤立するのは日本海軍のほうだ。

　これは山本の持論のため、曲げることはできなかった。

「儂の世界じゃ、儂らがサモアを攻略した時点で、オーストラリアは両手を上げて降参しおったぞ。ならばこっちの世界でも、さっさとそれをやればいいんじゃろう？　幸いにも、こっちの世界にアランの艦隊はおらんようだし……」

　かつて愚連艦隊は、現在と似たような状況から南太平洋作戦を実施し、電撃的に全地域を制圧した前科がある。

　その結果、グランド一家の米軍への介入を許し、あと取り息子のアランが愚連艦隊の前へ立ちふさがることとなった。思えば今に至るくされ縁は、あの時から始まったのである。

「と、申されますと……貴艦隊が南太平洋戦線を制圧する、そうおっしゃるのですか？」

　ならば、話は変わってくる。

　山本の目は、すでにハワイを向いている。南太平洋を愚連艦隊が担当してくれるのなら、まさに渡りに船だった。

「つまらん仕事じゃが、いまの帝国海軍には無理じゃろうから、儂がやっても良いぞい。ただし、それには軍事同盟を結ぶ必要がある。そう言ったのは、おぬしのほうじゃろうが。

　だからこそ、一度は日本本土へ戻らねばならん。そのための時間稼ぎとして、ガダルカナルを制圧するんじゃ。ヘンダーソン飛行場に、ラバウルにいる零戦隊やら爆撃隊を移動させられれば、いくらエスプリッサントが復旧しても手が出せんじゃろう？」

いきなり無体なことを言いだした大官寺を見て、山本は慌てて言った。

「ラバウル航空隊は動かせません。あそこはポートモレスビーを抑える要石ですので、動かすわけにはいかんのです！」

「ならモレスビーを、瓦礫の山にすれば良い」

ああ言えば、こう言う。

大官寺を説得するのは、絶対に不可能である。

「それもまた……貴艦隊が、やっていただけるのなら」

自分が言っていて嫌になってきたのか、山本は語尾を濁らせた。

なんでもかんでも愚連艦隊任せでは、まるで帝国海軍は箱入り娘のようなものだ。

それで得た勝利に、なんの価値があるというのだろう。

そう、思いはじめたのである。

「やれと言われればやるが、あんまり面白くないのー」

海軍の尻拭いばかり乞われて、大官寺のヘソが曲がりはじめている。

これは良くない兆候だった。

「ならば、話は決まりです。すぐ日本本土へ戻り、東条首相に直談判いたしましょう。そして早急な同盟締結と、海軍との連合の算段を行なわねばなりません。それをやった上で、またトンボ帰りしてモレスビーを破壊、そののちラバウル航空隊の移動という順番になります」

山本に残された時間は、あまりにも少ない。

これから一カ月で、なんとしても態勢を整えなければ、この戦争を勝利へ導く夢すら消えてしまう。

焦った山本は、かすかに見えはじめた講和への希望にすがりはじめた。

その希望が、全面的な愚連艦隊の支援によってのみ実現化するのだから、これはもうバクチどころの騒ぎではない。海外宝くじ詐欺に引っ掛かったようなもんだ。

ともかく一カ月間の時を稼ぎ、愚連艦隊を正式に味方につけさえすれば、もう鬼に金棒……大官寺の言うように、ハワイを攻略して合衆国へ講和を突きつけることも、あながち夢ではない。

ミッドウェイの敗退により、一時は消え去ったかに見えた山本の宿願が、ふたたび燃え上がりはじめた。

だが世の中、そんなに甘くない……。

そろそろ地獄の魔王が、借金の督促に現われる時期に来ていた。

第三章　時を駆ける艦隊

一

二〇〇X年七月一二日　伊東城ヶ崎海岸

「あれが伊豆大島で、あっちが初島……遠くに見える細長い半島が、湯河原の近くにある真鶴半島だ」

　伊東市南部にある大室山の噴火で流れ出た熔岩が、相模湾へ落ち込んだ場所。

　そこが、切り立った断崖で有名な城ヶ崎海岸である。

　いま寺中が説明した通り、城ヶ崎にある灯台からは、相模湾に存在するあらかたの名所が遠望できる。ここは近くにあるつり橋とともに、伊東の観光名所になっている場所でもある（自殺の名所でもあるのが哀しい）。

「詳しいんですねー」

　説明されているのは、例の就職希望の娘ッ子集団だ。

　寺中に嘆願した子は、翌日あらためて自己紹介し、河口《かわぐち》未来《みく》と名乗った。残る二人も仲良し三人組とかで、眼鏡の子が藤島友香《ゆか》、大柄でナイスバディのボディコン娘が伊崎佳奈《かな》だという。

三人とも地元の人間ではなく、わざわざ東京からやってきたと聞いた寺中は、参謀長の奥さんの文子のアドバイスもあって、せわしい基地を出て城ヶ崎を散歩しつつ、一種の面接試験を行なうことになった。

灯台のライトの回りにあるタラップの手すりに身を持たせかけながら、雪之丞は感慨深げに答えた。

「なにせ、下田暮らしが長かったからねー。ここらへんの海なら、何度も演習のため来たことがあるんだ。とはいっても、この世界でのことじゃないから、風景とかは違うけど。でも、いくら町並みや景色は変わっても、島や半島の位置までは変わらない。だからこの世界の、ここから見た景色もまた、僕には懐かしく感じられるんだ。

あの島、あの岬……朝日で黄金色に染まる細波のむこうに、広大な太平洋が広がっている。そのむこうにはアメリカが……同じ海で繋がっている者同士が戦う馬鹿らしさを、最初から、この景色は教えてくれてたんだ」

下田の港で、轟参謀長と一緒に、爆雷訓練と称して手榴弾を海に投げこんだのは、いったい何年前のことだったろう……。

あれから、色々なことがあった。

お嬢様の彩子が福浦の艦隊司令部正門に現れたのも、たしかあの頃だった。

あの頃には、まさか愚連艦隊が世界を征服し、あまつさえ時間流転移までしでかすなど、夢にも思っていなかった（ふつう、思わん）。

その艦隊も、彩子も、いまはいない。

なんだか独りぼっちになってしまったような……。

寺中、いささか感傷的である。

「参謀さんって、詩人みたいですね」

寺中の何気ない述懐を聞いた未来が、感心したように言った。

未来は三人の中で一番小柄なため、寺中も気安く話ができる相手だ。

なにしろ寺中は昭和一桁生まれだけに、身長も一七〇センチに届いていない。それに対し、伸びすぎるほどに育った平成時代人の佳奈など、一七五センチはある。眼鏡娘の友香も、ほぼ寺中と同じ身長だった。

未来だけが小柄で幼児体形のため、なんとなく昔風の雰囲気である。

三人とも女子短大卒のため成人しているから、小娘というのは可哀想かもしれない。しかし昭和初期といえば、一六歳で結婚、一七、一八で母親になるのも珍しくなかったから、それにくらべれば平成時代の二十歳は、一六歳以下の精神年齢といっても過言ではないし、実際、身体だけ充分すぎるほど大人になっても、言っていることは小娘そのものである。

「いや、そう言われると恥ずかしいなあ。でも、お世辞を言っても、面接試験に加点はできないぞ」

そう、いまは面接試験の最中なのだ。

傍目からは物見遊山にしか見えないが、轟文子の指示通り、これは入隊試験なのである。

「お世辞じゃありません。今時の男の子ときたら、何かというと自分自慢ばっかりなんで、参謀さんみたいに自然に振る舞う男子なんて、ほとんどいないんですよー。だから、ちょっと新鮮かなって」

その点については、寺中も内心同意した。

なにしろ平成時代の若者は、耳にピアスするのはあたり前、化粧するのもあたり前、考えていることは異性のことばかりなのは昔と同じでも、接する態度が正反対——昔は『俺についてこい』だったのが、いまは『僕を見て見て』なのだから、まるで立場が逆転している。

だが、感心ばかりしていられない。

コホンと咳払いをしてかしこまると、言わずもがなの言葉を吐いた。

「その、参謀さんって、やめてくれよ。僕には寺中雪之丞って名前があるんだ。階級は大佐だから、それでもいいけど。参謀って役職だから、他にも大勢いるんだ」

まだ寺中の視線は、伊豆大島沖の海に注がれている。

海を追われた海兵は、陸に上がった海亀のようなものだ。

戻るアテのない艦隊を待ちつづけ、今日も塩の涙を流している。

並みの人間なら、これらの状況を『途方に暮れる』と言うだけだが、未来はいささかメルヘンチックな性格らしく、もっと別の感情で見ているらしい。

「それじゃ、寺中大佐と呼ばせて頂きます。でも、もう艦隊はいなくなっちゃったんだから、軍隊じゃないんでしょう？　ＴＶでも難民扱いに変わったとか言ってましたけど……」

自分が就職しようとしている相手なのだから、時事問題にも敏感らしい。

とはいえ、それは未来だけらしく、残る二人はとうの昔に飽きている。見るからに現金そうな佳奈に至っては、うまく艦隊幹部を色仕掛けでひっかけ、さっさと左内輪におさまろうという魂胆が見え見えだ。

眼鏡の友香にしても、いかにも計算高そうに、就職したあとの給与を楽しみにしている感じである。

「ああ、もしかしたら軍隊をやめるかもしれないな。でも、そうしたら、ただの愚連隊になっちゃうか。ともかく僕らは妻子持ちも多いから、なんとかして平成時代で生きていく算段をしなきゃならない。

消えてしまった艦隊と隊員のことは心配だけど、ただ心配しているだけじゃ、なにも始まらない。僕らもまた、取り残された者として、なんとか生きていかなきゃならないんだ。

そのためには、新たに事業を起こすべきだろうし、君たちみたいな参入希望者も受け入れなければならない。伊東市の人口は七万ちょっとだけど、そこに五万人もの愚連艦隊員がのさばってたら、そのうち問題も起こるはずだ。

そうなる前に、ここを拠点として、日本のみならず世界中に出かけていき、僕たちの生活基盤を確立しなければならない。そのためにこそ、僕たちの持ってきた財宝を生かすべきなんだ」

寺中が財宝と言った途端、残る二人の目がキラリと光った。

だが、それをさし置いて答えたのは、またしても未来だった。

「私たちも、世間に取り残されたくないから、こうして就職試験を受けに来たんです。友香と佳奈はフリーターでもいいって言うけど、私の家って古くって、東京でフリーターになるくらいなら、九州の実家に帰ってこいって言うんですよ。

だから二人を説得して、女手の不足してる愚連艦隊のお世話になろうかと……じつはもう、宿泊費用が底をついちゃったんで、難民ボランティアの宿舎に泊まりこむか、そうでなければ東京に戻るしかない状況なんです」

そもそも目的が違うのだから、難民ボランティアの宿舎になっている某団体の研修所には泊まりづらいだろう。

それくらいのことは、寺中にも理解できた。

「ふーん、誰にも事情ってやつがあるんだなあ。まあ、あんまり心配しなくていいよ。就職試験とか言ってるけど、あの文子さんが出かけてこいって言ったんだから、ほぼ九割九分、合格したも同然さ。

じつは内緒だけど、いまの艦隊で一番偉いのは参謀長じゃなくって、奥さんの文子さんなんだ。もし新たな女子部門を作るとしたら、文子さんの直率部隊になるだろうから、実質的な上官は文子さんなんだよ」

試験官がこれでは、就職試験も台無しだ。

しかし、言っていることに嘘はない。愚連艦隊が営利団体になるためには、どうしても日本国との多岐にわたる事務処理が必要となる。それらをこなす人材が文子くらいしかいないため、いずれ彼女の下に事務部門を設け、艦隊運用の中心として稼動させねばならないと考えられていた。

これには、轟参謀長も異論はない（異論があっても、すでに夫婦間協議《ケンカ》で決着している）。

「なーんだ」

未来の背後で、唐突に佳奈が声を上げた。

その声につられて視線を移した寺中だったが、いきなりDカップはあろうか、巨大な胸の谷間が飛びこんできたため、急いで視線をずらしてしまった。

　どちらかというと胸が小さい彩子しか知らない雪之丞、これでは刺激が強すぎる。

　そういえば、彩子の御学友だった帝華女子高等学院の面々、すべて情報艦隊もろとも消失している。あの連中もなかなかのタマだったが、少なくともボディコン娘はいなかった。

　似ているといえば、あの内気な瑞森雪江《みずもりゆきえ》が未来に一番似ているが、あっちは正真正銘のお嬢様だけに、やはり未来のほうが現代娘に見えてしまう。

　同様に、眼鏡をかけていたのは吉祥寺智子《きちじょうじともこ》だが、智子が文学少女風なのに対し、友香は秀才っぽくはあるが、より現実主義的に見える。

　三人総合しても、あの帝華女学院の連中とは、かなり毛色の違う部類である。

「就職決定なら、さっそく実家に電話しなきゃねー。誰かさんが、心変わりしないうちに……」

　昨日、寺中をストーカー呼ばわりした友香が、またしても先回りして未来に囁いている。

「うん。でも、まだ正式に、合格って言われたわけじゃないから……」

　そう言いながらも、上目使いで寺中を見るあたり、やはり彩子とは違う現代っ子だ。

「大丈夫。僕も君たちのことは、だいたい判ったから。うん、僕の判断でも、仲間になるのを断る理由はないよ。艦隊員にとって一番困るのは、規則を守らない者だ。いくら愚連艦隊が自由な気風といっても、軍組織である以上、それなりの決まりがある。

　でも君たちを見てると、ＴＶで見る渋谷あたりの馬鹿野郎どもとは違って、けっこうマトモな感じだから、僕としても大丈夫だと思ってる。艦隊は、普通の会社より少し厳しいかもしれないけど、それでも給料はいいと思うから、なんとかなるんじゃないかなあ」

愚連艦隊の給与は、こちらに来てからというもの、つねに変動的となっている。

しかし軍は巨大なサラリーマン組織だから、いつまでもそれで良いというわけにはいかない。しっかり月給を払わないと、そのうちストライキが起こるのは目に見えていた。

ここでも経理その他の事務部門は必須だから、残された艦務部門の下に、若干数の事務職員を採用すべき時期にきていた。

「給料よければ、すべて良し！」

眼鏡をキラリと光らせながら、友香が言い切った。

「寺中大佐って偉いんでしょう？　お給料も、ずいぶんなんじゃないのー」

艶めかしい素振りを見せて、佳奈が擦りよってきた。

手っ取り早く、艦隊参謀の寺中をターゲットに定めた……というところか。

「おいおい、僕は女房持ちだぞ？　それも新婚だから、色気は通じないよ」

とか言いながら、すでに鼻の下は延びきっている。

ああ、雪之丞、情けない。

「えーっ！」

大声を上げたのは、佳奈ではなく未来のほうだった。

「ど、ど、どうしたんだ？」

いきなりの声に、寺中、大いに慌てた。

横でこれ見よがしに、友香が説明してくれた。

「そりゃ、叫びたくもなるわよねえ。未来の一番のお気に入り、大佐だったもんねー。就職申し込みに一番渋ってた未来が、大佐を見た途端、自分から声をかけるって言い出したんだから、大佐もなかなか罪な人ですよねぇぇぇー」

最後の部分などは、まるでエコーがかかったように言ったのだから、すべては友香流のおちょくりらしい。

「……そ、そんなこと、言われても。なあ？」

どうしようもなくなった雪之丞、途方に暮れて未来を見た。

すると未来、真っ赤になってうつむいている。

「大佐？」

トドメを刺すように、佳奈が雪之丞の耳へ唇を近づけ、これ以上ないほど色っぽく囁いた。

「女の子のひめやかな思いを、まさか踏みにじるおつもり、ないでしょうねえ？　ここまで恥をかせたんだから、上司にかけあって、きちんと罪滅ぼししなきゃ、男がすたりますよねえ」

声と同時に、甘酸っぱい香水の香りまでする。

つい、頭がクラクラとなった雪之丞、あらぬことを口走ってしまった。

「……ま、まかせとけ」

ああ、ドツボである。

さすが太っ腹の大佐と、友香が背中をバンバン叩きはじめたのをきっかけに、佳奈はすばしっこい猫のようにそばを離れていった。

どうやらこの二人、最初から未来をダシにして、就職試験を有利に運ぼうと算段していたようだ。

それに引っ掛かった雪之丞は、希代の大間抜けである。

一方、ダシに使われた未来のほうは、まだ下をむいている。

雪之丞が妻帯者だと知り、さぞや落胆しているのだろう……。

そう思ったら、そのうち小さな両の拳がぎゅっと握り締められた。

「……負けないもん」

それは時空を隔てた彩子に対する、未来の宣戦布告であった。

ああ、モテる男はつらい……って、雪之丞、彩子以外にモテたのは初めてだ。

女房妬くほど、亭主モテもせず。古典川柳である。

二

二〇〇X年七月一三日　首相官邸

「総理……艦隊が、もどってきました」

参院選敗北の脱力感漂う首相官邸に、生真面目な太田官房長官の暗～い声が木霊《こだま》した。

「……」

さしもの大泉首相も、返事する気力すらない。

感動的な拉致被害者の家族再会も演出したし、イラクの自衛隊が地元の部族から感謝されていることもニュースに流した。悩みの種だった愚連艦隊はいなくなり、残された隊員たちも難民扱いとして無難に処理した。

そこまで苦労したというのに、世間様は、健康保険法改正案を成立させるさいの不手際のほうを重要視した。つまり、政府の人気取り行動は、すべて無視されたのだ。いくらノンポリの日本国民とはいえ、さすがに腹に据えかねていたのだろう。

　大泉が首相執務机に座ったまま返事をしないというのに、官房長官は、おかまいなく言葉を続けた。

「ついでに申しますと、戻ってきた艦隊の中に、戦艦大和が加わっています」

　前の富田官房長官なら、ここで『ふふん』と投げやりな笑いを浮かべるところだが、太田官房長官の顔は、真面目一本槍のままだった。

「……大和だと？」

　いくら平成時代の首相でも、戦艦大和くらいは知っている。

　陸奥だ山城だと言われてもピンとこないが、大和は宇宙にまで飛んでいったくらいだから、日本人なら誰でも知っている。

「なんでまた、そんなややこしいモノが……」

　ライオンカットと呼ばれる独特の髪型に両手をつっこみ、机につっぷしてしまった。

　戦艦大和といえば帝国海軍の象徴であり、旧軍の軍事力の象徴でもあったはずだ。そんなものが平成時代に現われたら、あまりにも世界を刺激しすぎる……。

　アメリカ政府からも、愚連艦隊の装備について強い口調で詰問されていたのだが、すんでのところで艦隊消失が発生したため、なんとかウヤムヤにできたばかりだったのだ。

　ところが、資産の半分を積んだ輸送船がもどってきたのは幸いだが、いらぬオマケまで付いてきたという。これでは、すべてが逆戻りだった。

「たった今、外務省の伊東駐在員から第一報が入ったばかりですので、詳しいことは何もわかりません。現在判明していることは、消失した状況とまったく同じ位置に、ふたたび艦隊が出現した……その中の旗艦『陸奥』の横に、大和が堂々と居座っている、これだけです」

時空を越えた神の視点で見れば、あらかたの状況は把握できる。

大官寺が、山本五十六と大和で面談していた最中に、また時間流スリップが発生したらしい。

ただし奇妙なのは、山本の艦隊と合流したのは第一機動部隊のみで、他の艦隊はガダルカナル方面へ移動したはずだから、それも一緒にもどってきたのは理屈に合わない点である。

それこそ、大官寺に訊いてみなければ判らないだろう。

「それで、どうするんだ？」

出た。

首相お得意の丸投げである。

首相は判断するのが仕事で、あとは部下がやるものだと自分で言うくらいだから、そもそも丸投げを悪いとは思っていないらしい。

「現在、艦隊勤務中の愚連艦隊員が、続々と伊東のオレンジビーチにあるマリンタウン・ヨットハーバーに上陸中とのことですので、艦隊幹部が陸にあがってから、現地の駐在員に調査させる予定です」

太田官房長官の言う通り、愚連艦隊の専用埠頭は、フェリー桟橋や伊東漁港ではなく、新設されたマリンタウン内のヨットハーバーと指定されている。これは漁業やフェリー運行の邪魔にならないよう配慮した結果だが、マリンタウンといえば伊東の誇る観光施設のため、観光客やマスコミにとっても艦隊見物に好都合であり、どうやらそちらのほうを優先させた結果のようだ。

愚連艦隊員としても、上陸してすぐ、マリンタウン名物の美味しいソフトクリームを食べられるとあって、なかなか好評である。中には風呂好きの者もいて、さっそくマリンタウン内にある日帰り観光浴場で一風呂あび、そののち基地に戻ってまた風呂に入る剛の者もいた。

「そんなことを訊いてるんじゃない。例の難民支援法のことだ。艦隊が戻ってきた以上、あれをどうするかと訊いているんだ」

すでに愚連艦隊支援法は成立し、各省庁も動きはじめている。

国内にいる難民の支援という立場から、中心となる役所も、外務省ではなく厚生労働省だ。それらの省庁間調整がようやく終わったばかりというのに、これではゴタゴタするのは目に見えていた。

「まさか政府のほうから、できたばっかりの法律を廃止するなんて、言いだすわけにもいかんでしょう。そのうち野党が騒ぎますから、その時になって、なにか不都合な問題と引替えに廃案を約束すれば、あれはあれで役に立つと思いますよ」

さすが官房長官、悪どいが優秀である。

そうでなければ、首相の女房役は務まらない。

「となると、当面は現状維持か……また、マスコミが騒ぐだろうなあ。世界一の金持ち艦隊に、国民の税金を使って難民支援するんだから。しかも艦隊がもどってきた以上、実質的に難民ですらない。それどころか、戦艦大和まで連れてきただと？　もう、いいかげんにして欲しい！」

これほど難問が重なれば、大泉でなくとも叫びたくなる。

しかし、これが大官寺を利用しようとした者の末路なのだ。

「まあ、いまのところ難民支援といっても、おもに市民系NGOの手で行なわれていますので、政府援助としては、地元のハローワークを通じて職業訓練の場を提供する程度に留まっています。

実際に各省庁が動きはじめるのは来月になってからですので、それまでに各部所の歯止めを用意すれば、マスコミ対策としてもなんとかなるでしょう。税金については、艦隊の資産を明確に担保として使用すると言えば、これは一種の金貸し業ですので、国債を発行するより国民のためになると思います」

そういえば……。

日本の借金総額は、おおよそ七〇〇兆あると言われている。

愚連艦隊の資産も、運用差益額まで入れると、いずれそのくらいにはなる。

ということは……。

政府が、愚連艦隊を手放さないのも当然だった。

「ともかく、早急に大官寺司令長官と会談の場を持たねば、政局が持たんぞ。愚連艦隊は日本の救世主だが、同時に、政府に破滅をもたらす死神にもなる。薬と毒は同じものというが、あの艦隊もそんなものだ。

なにがなんでも、あと二年残っている私の任期内に、日本経済を立て直さねばならない。それには、あの艦隊資産が不可欠なんだ。フォレスト大統領が再選されなくても、日米関係を良好に保つには、あの資産を日米で協調運用するしかない。

アジア経済にとっても、あの資産は巨大な緩衝材になりうる。そう松中経済産業大臣も言っていた。バブル経済化してきた中国だけに、いずれ破綻する時がくる。その時、日本が巻きこまれないためには、あの資産を防波堤にするしかないんだ」

言っていることは正しいと思うが、すべて受け売りである。

それが大泉首相の、自他ともに認める得意技なのだからしかたがない。

「承知しました。では、早々に面談の手配をいたします。ところで、定例の官房記者会見では、この件について、どう発表いたしましょう？」

「任せるから、適当に喋ってくれ」

聞くほうも聞くほうだが、答えるほうも答えるほうだ。

この二人が真面目な顔で話しあっていると、奇妙なほど漫才じみて聞こえる。

それでいて、日本の政治はなんとかなっているのだから不思議である。

太田官房長官が退室したのち、大泉首相は、ふと思いついて、机にある電話の受話器を取った。

「ああ、私だが……例の件、どうなっている？　なに、難しいだと⁉　そこをなんとかするのが法制局の仕事だろうが！　なんとしても、愚連艦隊員全員に日本国籍を与えるんだ。そうでもしないと、ぜんぶ国連とアメリカに持っていかれるぞ‼　ああ、新法を設立してもかまわん。どうせ今回こっきりだから、時限立法でもいいぞ。あらゆる手を尽くしてくれ。それじゃ頼む」

なんと大泉首相の切り札は、国籍授与であった。

たしかに、愚連艦隊員が日本国籍を所有する日本人となれば、国際法に照らしてみても、彼らのもつ資産は日本国に所属することになる。最低でも、GDPは無理かもしれないが、GNPには加算できる。

そうなれば来年の経済白書にも、堂々と不況脱出をデータ付きで宣言できる。とどのつまり、景気が良いか悪いかは、国内総生産や日本国の総資産の変動によって判断されるのだから、これは立派な景気対策と言える。

たぶん大泉首相は、来年の白書で不況脱出を宣言し、来年一年かけて艦隊資産を国際運用し、日本経済が世界の中で確固たる地位を占めた時点で、悠々と首相を交代するつもりなのだろう。

その筋道ができている以上、あとは路線にそって突っ走るだけだった。

だが……。

何度も言うようだが、それは修羅の道である。

愚連艦隊のささやかなお土産……戦艦大和が意味している重要なある事を、このとき政府の誰も気づかなかった。

もし気づいていたら、こんなにノホホンとしていられなかったはず……。

むろん、平成時代のブレーンである足元と鎌北を手元においた大官寺には、すべてお見通しだった。

*

大泉首相が、自暴自棄になりかけている頃……。

悩みの種である愚連艦隊首脳部——大官寺以下の時空帰還組は、優雅にマリンタウン内にある二階バルコニーで、屋外席に座ってソフトクリームを食べていた。

弓月は甘いものが嫌いなため、飛行隊の面々と、隣にある伊豆高原の地ビールで有名なレストランで、さっさと酒盛りを始めている。

「だから、儂の言った通りじゃろう？　なんでも、儂のせいにするんじゃないぞ！」

　鼻の下にある白髪のちょび髭にアイスをつけた大官寺が、得意げに、鎌北参謀長と足元博士に説教している（ところで、なんで博士なんだ？）。

「もう、わかりましたってば。長官も、けっこうシツコイんですね」

　右の耳に小指をツッコミながら、鎌北が煩《わずら》わしそうに言った。

　しかしまあ、いくら一緒に時間流転移して海戦も経験したとはいえ、すっかり馴染んでいるのには驚かされる。

　そもそも鎌北も足元も出版業界の人間であって、軍人経験などカケラもないはず……。それが、こうも簡単に馴染める愚連艦隊って、もしかしたら誰にでも隊員になれる証明ではないだろうか。

「いや、わかっとらんわい。ええか、儂は前から、一連の転移現象は儂のせいじゃなく、たまたまそうなっただけと言っておった。それを貴様らが、声をそろえて儂のせいと言うもんじゃから、あと少しのところで、儂まで信じてしまうところだったわい。

　だが、今回の帰還転移は、そこにおる足元博士のせいじゃ。例の『歴史の窓』に関しても、全員が目撃したじゃろう？　でもって足元博士が、その中に平成時代のオレンジビーチを見つけたからこそ、儂らはこうしてソフトクリームを食べられるんじゃ」

　なるほど……。

　そういったことが、あったのか。

いきなり帰ってきたもので、事の次第が不明だったのだが、なんとなくわかってきた。

「あの『歴史の窓』は、三次元空間に開口する時空の歪みのようですね。異なる時空との境目を隔てるエネルギー・ポテンシャルが低くなっているところを、どうやら僕らは肉眼で確認できる能力を得たようです」

いかにもSF作家らしく、足元が解説した。

しかしこの理屈自体は、愚連艦隊が時間流転移してきたとき、苦慮した物理学会が頭をひねって出してきた統一見解を、ほんのちょっと応用したにすぎないものだ。したがって、足元の自説というほどのものでもない。

「儂が思うに、一度でも時間流転移した人間なら、誰でもその能力が身につくような気がする。ほれ、あっちの世界に行く前は、儂しか見えんかったじゃろう？ ところが行った先では、貴様らにも見えた。これが証明じゃわい」

得意げに力説する大官寺だが、それはあてずっぽうに過ぎない。

しかも本当に知りたいのは、なぜそのような現象が発生するのかであって、見えた見えないの話ではないはずだ。

「それは、その通りだと思いますが……それよりも、なんで大和の艦体のみがくっついてきたのか、そっちのほうが問題ですよ。さらにいえば、バラバラに位置していた愚連艦隊の各戦隊が、なんで一度に戻ってきたのかも、あまりに御都合主義的で説明がつきません」

そう疑問を呈したのは、作家の足元ではなく、鎌北のほうだった。

転移直前の戦艦大和には、山本五十六以下、三〇〇〇名余もの帝国海軍将兵が乗りこんでいた。ところが、伊東沖に現れた大和には、誰一人として乗っていなかったのだ。まるで鉄でできた船だけが、時間流の跳躍を許されたかのような状況だった。

「理屈はわからんが、人間は、なかなか時間流を飛び越えられないのと違うか？　大和は物質の塊じゃから、たぶん人間だけ振り落として来たんじゃろう。儂らが転移できるのは、たんに慣れてるからのような気がするぞい」

大官寺の素朴な返事だったが、言うに事欠いて、純物理学的現象に『慣れる』とは何事だろうか。

だが、それ以外に説明がつかないのも確かだった。

「大和だけじゃありません。さっき上陸してきた各戦隊の司令官から、最終的な報告を受けたのですが、彼らの話を総合すると、驚くべきことが判明しました。なんと、艦隊が南太平洋海戦で消費した弾薬や燃料、その他消耗品の一切合財が、あっちに行く前の状態に戻っているんです。

まさか勝手に補充されたわけでもないでしょうから、理論的に考えると、僕らが行った先で使ったすべての物質が、ふたたび元の形に戻って、一緒にこちらへ帰ってきたことになります」

自分でも頭を傾げながら、鎌北参謀長、不思議がっている。

だが大官寺は、すぐに反論した。

「それじゃなんで、出撃した人間の怪我は、もとにもどらんのじゃ。人間も物質の内なら、同じことが起こってもおかしくないじゃろう？　人間だけ別など、不公平じゃぞ」

出撃した航空攻撃隊の中には、被弾した機も多い。

　幸いにも撃墜された機はなかったから良かったものの、かなりの重傷を負った者もいたはずだ。

　ところが伊東沖に戻ってみると、破壊された機は元どおりになっている。しかし人間のほうは、あい変わらず包帯だらけの姿で痛がっていたのだ。

「その理由はわかりません。そこらあたりのことが解明されれば、大和と乗務員の分離についても説明できるかもしれませんが……ともかく、起こったことを総合すると、あっちの世界が可哀想な気がしますね」

　鎌北が、ソフトクリームを舐める舌を止めると、ふうとため息をついた。

「どう、可哀想なんじゃい」

　こちらは、微塵もそう思っていない大官寺である。

「だって、そうじゃないですか。戻る直前の状況といえば、ガダルカナルには猛烈な艦砲射撃が加えられ、陸戦隊も強襲上陸を行なった後でした。すでに午前の空撃でヘンダーソン飛行場は破壊され、陸戦隊の橋頭堡《きょうとうほ》確保により、米軍は海岸線から後退するしかない状況でした。

　それらに使用した砲弾や爆弾、銃弾、戦車、その他もろもろ……米軍が必死になって阻止しようとした一切合財が、すべて元どおりになって手元に戻っているんです。対する米軍のほうは、あらゆるものが破壊されたままでしょう？　これって、不公平ですよ」

　こっちは時間流転移のせいで、すべてが元に戻った。

　しかし、あっちの世界で行なった破壊行為の結果は、そのまま残っているはずだ。

たしかに不公平であるが、どうすることもできない。

「それが、戦争というもんじゃ」

なんか、違う……。

だが大官寺は、いかにも正しいことを告げている。かのように、堂々と喋っている。

「どんなに不公平であろうと、戦争は勝ったもんの勝ちじゃ。その点でいけば、儂らは今回、歴史上に輝くどの名将より効率の良い戦闘を行なったことになる。負傷者こそいるが、被害ゼロじゃからな。

　そしてこれからも、時間流転移が起こるたびに、儂らは新品同様に戻ることが約束されたも同然じゃ。これは我が艦隊にとって、なによりの朗報じゃぞ。新たな装備は別にしても、既存の兵装その他、一切合財が、ちょいと時間流転移すれば元に戻るんじゃ。

　こうなると、一から十まで日本国に支援してもらわずとも済む。行った先でも、当座必要な物資のみの補給で済むわい。砲身寿命も無限と同じだし、弾薬や燃料も減らん。しかも、欲しいと思った艦は、思っただけで手に入る。こりゃ、無敵の艦隊じゃな、かっかっか！」

　歴史の女神は、今頃お昼寝中か……？

　あまりにも、愚連艦隊に都合の良い状況ではないか。

　あまりの喜びに、つい不用意に漏らした大官寺の言葉を、足元は聞き逃さなかった。

「あー。大和の件、やっぱり長官のせいじゃないですかー」

「し、しまった……」

　あわてて口を閉じたが、もう遅い。

どうもおかしいと思っていたが、どうやら大和が転移したのは、大官寺が『欲しいと思った』せいらしい。

「ええじゃないか。あっちの世界に残しておいても、どうせ坊津《ぼうのつ》沖に沈めるだけじゃろう？　それより儂のとこで永久不滅になるほうが、大和にとって幸せじゃろうが。そう思ったからこそ、儂は大和を欲しいと思ったんじゃ」

嘘である。

口では何と言おうが、大官寺がそのような高尚な理由で欲しがるはずがない。

たんに愚連艦隊には、平成時代に有名な艦が一隻もないことを知ったからこそ、誰もが知っている大和を欲しがったのだ。ちょうど子供が、有名ブランドのオモチャを自慢するようなものだ。

ともかく、大官寺と鎌北の二人で話しあっても、なにも解決しない。

そう思ったらしい足元が、架空戦記作家らしく理屈をつけはじめた。

「物理学の世界では、エネルギー保存の法則が大前提ですよね？　もしこれが、時空を貫く普遍の真理だとすれば、今回の現象もある程度は説明がつくと思います。つまり、こちらから持っていった爆弾やら砲弾は、すでに爆発エネルギーを内蔵した状態で運ばれたわけです。

それをあっちの世界で解放したのだから、当然、あっちの世界の総エネルギーが増す。それじゃ、僕たちが戻ってくる時に、あっちの世界で破壊したあれこれも、自動的に元にもどるかといえば、これはエントロピーの法則によって否定されます。あっちの世界で起こったことは、同じ時空間内では、もはや元に戻せません。

結果、あっちの世界では、エネルギーが解放されたまま……これを是正しなければ、時空間のエネルギーバランスが崩れるため、すんなりと時空転移が起こせない。僕らは戻れないことになります。そこで、与えたエネルギーと釣りあうだけの物質エネルギーを、あっちの世界から持ってくることで、初めてエネルギー的に釣り合いが取れて、戻ることができるようになった。

　これが、大和がついてきた本当の理由でしょう。そうでなければ、いくら欲しいと思っても、御都合主義的に手に入れることはできないと思います。『思う』という想念エネルギーは、あくまで移動させる物質に指向性を与えるだけだと思いますよ。

　……それにしても、ねえ。思っただけで手に入るなら、誰も苦労しないってのに、それを本当にしちゃうんだからなあ。まてよ……思っただけで、手に入る？　これって、もしかして……」

　何事か思いついた足元、反射的に鎌北を見た。すると鎌北も、おおぅ！　と、驚きを隠しきれないでいる。

「なんじゃ？」

　理解していないのは、大官寺だけである。

「……あ、いや、ふと思いついたことがあるんですが、まだ確証はありませんので、少し調べてみます。あ、それより、基地のみんなが来たみたいですよ」

　懸命に話題をそらした足元だったが、大官寺は、怪訝そうにまだ睨みつけている。

　この爺さん、隠し事されるのが一番嫌いなのだ。

　この時すでに、足元と鎌北は気付いていた。

　愚連艦隊が時間流転移する現象そのものが、平成時代に凄まじい富をもたらすことを。

艦隊が現在保有する資産など雀の涙になりそうな、莫大かつ無尽蔵の富が約束されたも同然……。

そう、大官寺に教えるわけにはいかない。

艦隊が時間流転移した先にある、あらゆる物質。それを艦隊員が望みさえすれば、瞬時にして平成時代に持ってくることができるなんて――。

しかもそれは、艦隊が盛大に暴れれば暴れるほど……砲弾や爆弾、艦船や航空機を消耗して、行った先の世界を破壊すればするほど、持ってかえる量が増えるなんて――とても、言えない。

ことが時間流転移なのだから、無限に分岐する無限数の歴史に実在するあらゆる物質が対象となる。未来に転移できるかどうかは不確定のため、過去だけに限定しても、ありとあらゆる財宝、価値ある美術品、工芸品、自然の産物が、『思うだけ』で無限に手に入るのだ。


これは平成時代の地球にとって、永遠の繁栄を意味している。

そんな人類史上最大の恩恵を、あろうことか大官寺の一存でどうとでもできるなど、あまりに恐ろしくて考えたくもない。

「ちょーかーん！」

手を振りながら、マリンタウン内の階段を、寺中雪之丞が駆け上がってくる。

同時に、二階にある土産物売り場から、彩子がひょいと出てきた。

ああ、夫婦の涙の再会か……。

と、思いきや、寺中の後から、ぞろぞろと軍服姿の若い女性が現れた。

最後に轟参謀長と文子がそろって上がってきたが、すでに彩子の目は、寺中の横に寄りそい、じっと彩子を見つめている小娘に釘付けだ。

「……あなた？」

「へ？」

「その、兵員服を着てらっしゃる女の方、どなたなの？」

再会の言葉……。

もとい、久しぶりの夫婦喧嘩は、こうして始まった。

「おう、轟参謀長。元気にしておったか？」

夫婦喧嘩など犬も食わない。

大官寺ならなおさらで、完全に無視して、轟と文子に声をかけた。

同時に鎌北も、かるく会釈する。

「あらまあ」

文子が鎌北に会うのは初めてだ。

ひと目見るなり、目を丸くして驚いた。

自分の旦那と瓜ふたつの男性が、同じ格好をして座っている。こうなると、他人の庭の芝生は青く見えるとかで、旦那でない鎌北のほうが、やや男前に感じられるらしい。

文子ともあろうお人が、夫婦喧嘩を始めた雪之丞たちの仲裁もせず、じっと鎌北に見入ってしまった。

「轟がいないあいだ、鎌北に参謀長をやってもらったぞい。最初はどうなるかと思っていたが、これがなかなか名采配を見せてくれた。きちんと航空攻撃隊の出撃も仕切ったのじゃから、もう一人前の参謀長じゃろう？」

大官寺の言葉に不安を感じたのか、轟がおずおずと質問した。

「あのー、長官。そうなりますと、私めの立場はどうなるんでしょう」

「心配するな。これから愚連艦隊は、貴様と鎌北の都合の良い時、交代で参謀長を務めてもらう。そうすれば、どっちかが片舷上陸していても、艦隊の機能が損なわれることはない。これからは、愚連艦隊もコンビニなみの二四時間営業じゃ」

鎌北、一気に、正式の参謀長の片割れとして採用された。

となると、一方の足元は……。

ふと気づくと、そばにいない。

どうしたのだろうと思って探したら、さっさと平成時代のＴＶ局取材陣詰所に行き、あっちの世界で撮影したＤＶＤの放映権その他について、各局と商談に入っていた。

晴れて戻ってこれたのだから、撮った映像は宝の山である。

むろん、先ほど足元も気づいた点でいけば、いまさら苦労して金儲けする必要はない。だが、もとが作家だけに、金銭欲ではなく自己顕示欲の観点から、何がなんでも努力した元を取ろうと思っているらしい。作家とは、そういうもんだ。

「いったい、なにがあったんですかぁ～！」

彩子に首根っこを掴まれながらも、懸命に寺中が大宮寺にむけて声を発している。

その横では河口未来が、これまた懸命になって寺中を助けようと手を延ばしていた。それを仲裁できる唯一の存在――轟文子は、まだ鎌北に見惚れていた。

「おやおや……」

地ビールをたらふく飲んで上機嫌の弓月が、二階中央のフロアで大騒ぎしている一同を見つけ、いつも通り小さく肩をすくめた。

そこへすかさず、ボディコン娘の伊崎佳奈が擦りよった。

「あら、飛行隊長さん。色気なしでの酒宴なんて、つまらないでしょう？　あたし、隊員になったばかりだけど、ご一緒に飲みなおしませんか。こっちにいる友香もご一緒したいって言ってますから、部下の皆さんもご一緒に、伊東の街にくり出しましょうよ」

いきなり強引な合コンの誘いだったが、そこは手慣れた弓月、にやりと笑うと部下たちにむかって言った。

「おう、野郎ども。美女お二人が、戦勝祝いに付きあってくれるとよ。帰ってきた早々、縁起がいいじゃねえか。お言葉に甘えて、今夜は外出禁止の禁止だ！」

「うおおおー！」

飛行隊は弓月の独擅場だけに、こうなると誰も文句を言えない。

それにしても、愚連艦隊の中では比較的良い男が揃っている飛行隊を目ざとく発見するとは、佳奈もなかなか男を見る目がある。一緒についていく友香のほうは、これで今日の飲み代がチャラになったと、単純に喜んでいた。

かくして……。

愚連艦隊は、本当に帰ってきたのである。

三

二〇〇X年七月二〇日　伊豆高原

夏休み直前の伊豆高原は、まだ閑散としている。樹々は青々と波打ち、すでに梅雨明けした空は、たっぷりの湿気を含んで水色に光っている。そして涼風にはほど遠い、この熱気……。

高原とはいっても、たかだか二百メートル程度しか標高がない場所のため、海岸よりいくぶん涼しい程度でしかない。それでも、都会のコンクリートからの輻射熱がないぶん、別荘族には涼しく感じられるようだ。

そんな平成勝ち組の別荘族に混じり、最近の伊豆高原には、隊員服を着た者たちが見られるようになった。

言わずと知れた愚連艦隊員たちだが、彼らには別荘族も一目置いている。なにせ、大不況と言われたここ数年の不景気を勝ち抜いた者たちだけに、最初から世界最高の大金持ち艦隊の評価は、きわめて高い。別荘族の人物評価は、いかに相手が裕福かで決まるのだ。

すべて裕福さが大前提であり、人物的に優れているかどうかは、最低条件の裕福さをクリアしたのちに評価される。極端な話、間違って伊豆高原に住んでしまった年収四〇〇万の平サラリーマンがいたとしたら、たぶん人間扱いされないだろう。

これは日本に限ったことではなく、モナコなど世界的なリゾート地でも同様である。万民平等、日本人全員が中流家庭と信じているのは、じつは日本の労働者だけなのだ。

ただ伊豆高原を歩いているだけでも、そんな幻想を打ち砕くあれやこれやを目にすることができる。まず最初に、伊豆高原価格と地元で言われるように、すべての物品・飲食店の値段が高い。しかも、それがあたり前の世界なのだから、誰も文句を言わない。

むろん愚連艦隊員も、一個四〇〇円のソフトクリームを舐め、ザル一杯一四〇〇円の盛り蕎麦《そば》を食べている。艦隊員が宿営地に住むようになり、よけいに物価が上がったような気がするのは、気のせいだけだろうか……。

「そこの兵隊さん、いま桃がオイシイよ！」

国道を歩いていた寺中雪之丞たちに、街道露天売りのオバサンが声をかけた。

しかし、伊豆は桃の産地だったたっけ？

「桃かあ……」

いささか喉が乾いていた雪之丞、引きつれている愚連艦隊総務部の女子隊員に、ちらりと視線をむけた。

すると、横から鋭い声が——。

「現在は行軍中です」

見ると彩子が、ツンとした顔で見つめている。

桃を食いそこねた背後の三人——河口未来／藤島友香／伊崎佳奈は、このやろーといった顔で彩子を睨みつけていた。

なんで、こんなことになったのか……。

そもそも、彩子にきちんと事情を説明できなかった雪之丞が悪い。

さらにいえば、総務部主任の文子が、彩子に隊員研修を任せっきりにしたのも悪い。

それでもって、女子隊員研修は伝統的に雪之丞の役目と、勝手に任務を割り振った大官寺が一番悪い。

とどのつまり、伊豆高原にある倒産したペンションを女子隊員宿舎に割り当てたのはよかったが、そこから伊東市内にある艦隊司令部に出勤するためには、どうしてもバスか電車を使わねばならない。

それでは不便だと、現在、政府と交渉して自動車を有償供与してもらうよう掛けあっているが、それを運転するには日本国の免許がいる。そこでまず、自動車の必要な各部隊から数名、搬送要員として伊東自動車教習所で免許を取らせることになったのである。

では、雪之丞たちは、なぜ歩いているのか……。

その理由は単純で、教習所の送迎バスがやってくるフランベル公園前まで、ペンションから歩いて移動するのが日課になっているだけの話だ。

しかし、雪之丞や彩子はともかく、残る三人は平成時代人なのだから、時空転移してきたわけではない。なのに彼女らまで一緒なのは、単純に免許を持っていなかったからだ。

「あー、やっと見えた」

ペンションのある別荘地内は入り組んでいるため、送迎バスもやってこない。

そこで大通りまで出ることになったのだが、ただそれだけで疲れてしまう。しかも雪之丞は、鎌田地区にある司令部から南伊東駅に行き、そこで伊豆急行の電車にのって伊豆高原下車、そこからバスで二駅行き、さらに別荘地内を歩かなければペンションへ到着しない。

これが、ここのところの日課なのだから、愚痴も言いたくなるというものだった。

「おなか、減ったー」

まだ朝の九時というのに、もう藤島友香が空腹を訴えている。

友香は現金この上ない性格のため、最近の女子には珍しく、ダイエットなど気にせず大喰らいする。いや、気にしているかもしれないが、食い溜めするほうが優先されるため、あとで密かに後悔しているのかもしれない。

「午前の教習が終わったら、いつもの蕎麦屋で昼飯を食べる予定になっている。それまで我慢しろ」

彩子の手前、甘い顔をすると、勤務を終えてからの私生活に影響する。

　そうでなくとも、なぜか未来は彩子を目のかたきにしているため、雪之丞が板挟みになることが多い。その理由を知らないのは自分だけなど、朴念仁にはわからなかった。

「隊長。今日は、大盛りにしていいですかぁ～」

　昼食場所になっている蕎麦屋『恵比須』は、伊東市荻の高台にある。

　すぐそばに自動車教習所があるため、昼食時にはけっこう混雑する。しかも、付近に飲食店はこれ一軒のため、嫌でもそこで食べざるをえない。これで不味かったら不幸だが、恵比須の蕎麦は、きちんと粉から手打ちする本格派のため、毎日食べても飽きがこないくらい美味しかった。

　じつは雪之丞、蕎麦については一家言持っている。伊東に上陸してからも、市内にある蕎麦屋は、けっこうローラー作戦なみに食べ当たったほどだ。

　その結果、意外なことがわかった。

　伊東で美味しい蕎麦屋は、なんと伊豆高原に集中していたのだ。やはりグルメの多い別荘族の舌を唸らせるには、相応の腕が必要ということなのだろう。

　だが、鎌田地区に常駐している寺中にとって、伊豆高原は遠い。ちょいと昼飯に蕎麦を食いにいくとなると、もっと近い場所を探すことになる。そこで市街地と鎌田地区のすぐ山手にある荻地区を重点に探したら、この恵比須が引っ掛かったのである。

　しかも恵比須の蕎麦は、伊豆高原の蕎麦屋のように馬鹿高くない。これもまた、金持ちのくせに、妙に貧乏人根性の寺中の気に入っているところだ。

「ああ、大盛りでもダブル盛りでも、好きなように頼め。ただし午前の教習では、絶対にハンコをもらえよな。だいたい、なんで平成時代のおまえらが、構内教習第一段階のハンコをもらえないんだ？　彩子や俺だって、第一段階は一発でパスしたんだぞ」

どうやら短大三人組は、運動オンチらしい。

そして不幸なことに、担当教官が女性だったため、佳奈の色仕掛けも通用しなかった。

「自動車の運転に、年代格差は関係ありませんよー」

なおも愚痴を吐きつづける友香に、寺中は最後通牒を突きつけた。

「仮免までを二週間以内に突破しないと、その後の教習費用は給料から天引きすることになっている。そのつもりで頑張れ。その代わり、二週間以内で仮免合格になったら、その日数ぶんだけ有給補助がつくそうだ」

「一週間で突破します！」

金が絡むとわかった途端、友香の背筋に心棒が入った。

「隊長、教習の時、後ろに乗ってくれますか？　教官と二人だけじゃ、恐いんです」

おもねりの入った声で、未来が訊いた。

「河口さん。あなたも鹿児島のおごじょなら、九州の女らしく、もう少ししゃきっとしなさい！　なんなら、私が補佐についてあげましょうか⁉」

同じ九州人の文子を知る彩子だけに、言うことがきつい。

ただし未来は鹿児島県人だが、文子は大分県人である。聞けば、未来の父親である河口荒雄氏は、なかなか厳しい九州男児という。それなのになぜ、こんな甘えん坊の未来ができたのだろう。

「あ、いいえ、それなら結構です」

　彩子が後部座席に乗ったりしたら、通るものも通らなくなる。

　そう思った未来は、あわてて遠慮した。

「あ～あ～。こんな目に会うくらいなら、艦隊勤務のほうが百倍もマシだよなあー」

　ついに雪之丞、愚痴を漏らした。

　時間流転移から帰還した艦隊は、今日ものんびりと伊東湾に浮かんでいる。

　政府のほうも、参院選が終わって力尽きたのか、ここのところの動きは鈍い。そのため艦隊首脳部も、いまのところは休憩中といったところである。

　その代わり、アメリカではグランド親父が、ついに本格稼動しはじめたようだ。

　艦隊が帰還したと報告を受けるやいなや、その足でＦＲＢ《米連邦準備制度理事会》のレッドスパン議長に面会を申しこみ、艦隊資産のＦＲＢ連動運用について話しあいを行なっている。そして好感触を掴むや、今度はニューヨークへ飛び、マンハッタンにある各証券取引所の会頭と面会し、艦隊資産を担保とした証券ファンドの設立を持ちかけた。

　元本売却は日米政府との合意により禁止されているため、グランド親父も自由にはできない。そこで、あらゆる手段を講じてでも、艦隊資産を担保とした資金運用を模索しはじめたのである。

　これほど親父が動いているのだから、早ければ夏の終わりには、具体的な運用利益が上がりはじめるはずだ。その利益の半分は愚連艦隊の資産に編入されるが、残る半分は、なんとグランド商会の利益として計上されることになる。

　となるとグランド一家は、早々に、月収百億程度の超優良企業のオーナーになるわけだ。年に一二〇〇億円――ドル換算でおおよそ一〇億ドルの企業が忽然と現れるのだから、アメリカ人もびっくりである。

それを元に、グランド親父は、ミリオネア社の復興をもくろんでいる。

もともと商才は腐るほどあるのだから、たぶん数年で、世界最大の企業であるナノソフト社に匹敵する成長率を達成できるだろう。あの世界最大の資産家であるトム・ゲイツ氏を踏み越えてこそ、グランド親父なのだ。

それは、さておき……。

このまま、のんべんだらりと夏を過ごす愚連艦隊ではないはず。

『つまらんのぉー』

その証拠に、伊東湾のただ中では、大官寺の不気味な声が響いている。

さてさて、愚連艦隊の次なる餌食は……。

と、思っていたら、さくっと起こってしまった。

四

××××年九月一五日　場所不明

「こら、寺中。おまえ、また妙なこと考えただろう」

ここは、戦艦大和の昼戦艦橋。

操舵艦橋の名もある通り、ここには艦を操るためのすべてが揃っている。

ずっと上には夜戦艦橋と呼ばれる場所もあるが、そこは目視観測重視の場所のため、操艦は直接行なえない。しかし、レーダー技術が発達する前の状況でこそ意味のある名称のため、現在では古き良き時代の名残りにしかならない。それは、レーダー完備の愚連艦隊でも同じである（むろん大和も、これから平成三点セットと呼ばれる、レーダーおよび制御パソコン／デジタル無線機および無線ＬＡＮ／広域魚探を設置することになっている）。

と、説明はこれくらいにして、いま雪之丞を叱ったのは、本物の轟参謀長だ。

なぜ、わざわざ本物と書くかといえば、その横には偽者である鎌北参謀長がいるためだが……もっとも鎌北に言わせれば、轟のほうがクローンなのだそうだ。

「考えてなんか、いませんよ〜。あれだけ艦隊緊急布告で絶対禁止されたんだから、きちんとあれが見えた途端、まったく別のことを考えるように、自分に言い聞かせてましたってば！」

愚連艦隊では、不用意な時間流転移が起こらないよう、『歴史の窓』が見えた場合は無視して別のことを考えるよう、緊急布告が行なわれている。

これは大官寺の命令だが、多分に、『自分の知らないところで勝手に艦隊を転移されるのは不愉快である』といった感情が混っているのは確かである。

「それじゃ、誰のせいだ？」

ということは……。

また、時間流転移が起こったらしい。

轟と雪之丞の会話は、それを色濃く物語っている。

だが、二人とも確証を得られないのには、ちゃんとした理由があった。

現在、昼戦艦橋の外は、ミルクを噴霧器でぶちまけたような濃霧である。いつもなら見えるはずの第一および第二砲塔も、まったく見えない。かろうじて艦橋直前にある第一副砲塔のみが、ぼんやりと霧の中に浮かんでいた。

「参謀長のせいじゃないですか？」

　雪之丞がそう言った途端、轟と鎌北、そろって声を出した。

「馬鹿、言うな！」

　見事なユニゾンを披露した二人、互いに見合って照れている。

「でも僕らじゃないとしたら、あと大和には、足元博士くらいしかいませんよ。他の者は艦内勤務ばかりで外なんか見てないはずだし、見学者の大半は平成時代出身ですから、まだ時間流転移には慣れていないはずです」

　犯人にされそうになった足元が、長官席にある端末コンピュータのＤＶＤドライブから手を放し、迷惑そうに言った。

「儂は先日もどってきたばかりで、いまは前の転移で撮影した録画映像の売り込みで忙しい、だから、別のところへ行きたいなんて思うはずがない。その証拠に、儂はさっきから、長官に頼まれたゲームソフトのインストールに忙しく、まったく外など見ていなかったぞ」

　大和が艦隊に編入されるということで、その所属に注目があつまっていたが、どうやら第二総旗艦という位置付けに落ち着いたようだ。その証拠に、きちんと長官席が設置されている。

　慣れ親しんだ空母『陸奥』を離れるのは忍びないが、たまには気分転換もしたい。

　そう大官寺が言いだしたため、大和は、非番の場合は打撃部隊旗艦として働き、気分によっては

第一機動部隊旗艦兼愚連艦隊総旗艦になることが決定した。

とはいっても、大和は完全にもぬけのカラでやってきたため、乗員すべてを他の部所から転属させるしかなく、いまも轟参謀長を訓練指揮官として、艦の習熟訓練の真っ最中だ。

まあ、あっちの世界で海に振り落とされたらしい山本五十六たちも可哀想だが、こっちの世界で、あらたに大和乗員になった者も可哀想だ。愚連艦隊式に慣れていると、帝国海軍式の艦は、なにかと誤解を生みやすい構造なのである。

ともかく、大和を動かすためには三〇〇〇名余もの人数がいる。それらすべてを既存の愚連艦隊員で賄おうとすると、今度は他の艦の乗員が足りなくなる。そこで大官寺は、大和が平成時代で人気があることを利用し、なんと新規艦隊員をインターネットで募集したのである。

そうしたら、たった二日で、一〇〇〇名の募集定員が埋まってしまった。

それから一週間後の今日、体験入隊の意味も含めて、おおよそ一五〇〇名（五〇〇名は補欠採用）の新隊員を大和へ乗艦させ、これから一カ月の習熟訓練を行ないつつ、一〇〇〇名の本採用へと削り落とす予定になっている。

それにしても……。

純粋な軍事組織である愚連艦隊への就職を、よくもまあ日本政府が許したものだ。

平成時代での武力行使は厳禁とされたものの、いつ時間流転移するかわからない状況だから、行った先で軍事行動に出る可能性は無限大にある。つまり、日本の若者が戦争に参加することが確実視されている職場なのだから、これは日本国憲法を守る義務のある日本国民としては、おおいに問題のある行動である……そう、国内左派の団体は騒いでいる。

しかし考えてみれば、日本人が個人の資格で、海外の傭兵部隊に参加した事例は、過去にいくつか存在する。愚連艦隊も法的には海外部隊なのだから、そこへ参加するのは傭兵部隊へ参加するのと同じことだ。

では、過去に傭兵となった人物は、憲法違反で逮捕されただろうか？

否……である。

憲法には個人の自由を最大限に重んじる条項が羅列されているため、日本の法律の及ばない国外で、日本人が勝手に戦争行為へ荷担することまで禁じることはできない。やれても、ＩＣＰＯなどを通じて、該当国の法律を犯した場合のみ国際手配するのが精一杯である。

現在日本政府は、愚連艦隊員の日本国籍取得を模索している。

愚連艦隊員全員が日本国籍を持てば、組織団体としての愚連艦隊も、日本国内の団体として再登録しなければならないから、そうなると憲法や国内法で縛ることのできる存在に変わる。

むろん愚連艦隊が武装集団のままであれば、憲法改正も視野に入れた法整備の大変革が必要となる（どっちかというと、それが政府の目論みらしい）。とくに憲法九条は、完全に改訂しなければならないだろう。そのため政府も、法制局の尻をたたき、なんとか打開策を探しだそうと懸命である。

今回の椿事は、それらをあざ笑うかのように、まだ国外勢力である身分を活用した、大官寺の日本政府に対する揺さぶりとも受けとられていた（むろん本人は、そんな高尚なことは考えていない）。

「それじゃ、誰が……まさか、また長官じゃないだろうなあ」

ほとんど途方に暮れながら、轟参謀長、嘆きの言葉を吐いた。

ここからは見えないが、陸奥は二キロほど熱海よりの海上に、第一機動部隊と一緒に浮かんでいるはずだ。もっとも、すでに時間流転移してしまったらしいから、各艦の位置関係がどうなっているかはわからない。

陸奥にいる大官寺が、またどこかの『歴史の窓』に興味を示し、それが原因で転移してしまった……これが今のところ、もっとも可能性のあることだと轟は考えていた。

「参謀長。それ、変ですよ。たしか長官は、今朝の交代で上陸して、いまは日本政府の招待で、富士山麓にある自衛隊の師範学校みたいなところに行ってるはずです」

富士山麓にある自衛隊の師範学校みたいなところとは、須走《すばしり》にある陸自の富士教導団および富士学校のことだ。たぶん、陸自の新兵器開発の現状とやらを視察に行ったのだろう。むろん、興味本位のみの行動である。

「長官が、いない？」

轟参謀長、大和乗員の訓練のせいで、すっかり失念していたらしい。

「長官がいないから、私めもこうして、おぬしと一緒におるんじゃなかろーか」

ここぞとばかりに、鎌北参謀長がチャチャを入れる。

言われてみればその通りで、正副両参謀長が一緒にいるためには、艦隊首脳部がお休みでなければならない。つまり大官寺不在だからこそ、こうして一同が一緒の場所にいられるわけだ。

「それじゃ、誰が……」

そう言いかけた轟の視線が、艦橋の隅っこで停止した。

「……ごめん」

見ると羅聞が、艦橋右舷後方の隅で、膝をかかえていじけている。

「なんだよー。羅聞さんのせいなの～？」

仲間の仕業と知り、鎌北も拍子抜けした顔になった。

伊東の自宅に引き籠っていた羅聞を、せっかくの機会だから大和見学に来いと連れだしたのは鎌北である。

それが墓穴を掘る原因になったのだから、鎌北、とても居心地が悪そうだった。

「あれ、でも変だな。羅聞さんは、まだ時間流転移未経験者でしょう？」

他の者はすべて経験者だが、羅聞だけは、前回の転移のときも自宅に籠りっぱなしだったはずだ。

鎌北の疑問を、雪之丞がさらにダメ押しする。

「そうそう。未経験者は、歴史の窓を見ることなんて、できないはずですよねー」

二人の問いかけを責任追及と受けとった羅聞、あわてて言いわけをした（いささか被害妄想のケがあるらしい）。

「知らないよ～。ただ、〆切間近でネタ切れしてたときに、鎌北さんに無理矢理連れだされたもんだから、頭の中は仕事のことで一杯だったんだ。だって、いま書いてるの、例の戦国架空戦記……

ほら、高岡慎太郎君と共著してる、KOトップセラー社の『覇・戦国史』シリーズ最新刊だろ？

　中身が第二次世界大戦じゃないから、いま大和の見学しても意味ないって言ったのに……強引に連れだすんだもんなー。だから艦橋についても、ひたすらネタは何にしようと考えてたら、窓の外に面白そうな光景が見えたもんで、つい……」

　誰だ、時間流転移経験者にしか、転移先を選択できないって言ったのは！

　思いおこせば、案の定、大官寺である。

　足元も理論的な補強をしたが、『慣れ』云々を言いだしたのは、たしかに大官寺だった。

　とどのつまり、大官寺は法螺吹きである。

　それを知らぬ艦隊員はいないというのに、また騙されてしまったことになる。ほんまに、情けない。

　羅聞の状況を考えると、事の真相は、『たんに思い込みの強い人物のみが、歴史の窓を見ることができる』であろう。そう考えれば、すべての辻褄があう。

　と、全員が、羅聞を袋叩きにしそうな気配の中……。

　艦橋エレベーターから、未来／友香／佳奈の三人組が現れた。

「あのー。艦橋はきちんと操艦してるのかって、機関部の方たちが騒いでますけど～」

　皆を代表して、秀才顔の友香が質問した。

　この三人、大和乗員に抜擢されたわけではない。あい変わらず艦隊司令部内の総務部所属であり、いまは自動車教習所通いの見習いである。

　しかし、寺中が大和を見学しにいくというので、夕方まで教習所で練習したあと、そのまま付いてきた。そうしないと、伊豆高原のペンション宿舎まで三人だけで帰らねばならないため、今日は艦隊司令部に仮泊するつもりだったらしい（夜の伊豆高原は、それはそれは寂しいところである。うら若き乙女だけで歩かせるなど、ストーカーしてくださいと言っているようなものだ）。

「操艦もなにも、大和はまだ、停泊状況のはずだろ？」

出港命令など出した覚えのない轟が、怪訝そうに言い返した。

「だって、艦内のみんなが言ってますよ〜。艦が前屈姿勢のまま停止しているのは、間違って艦首部注水を行なったせいじゃないのかって。このまま停止していると浸水事故につながるから、なんとか艦首を上げるため前進すべきだって……」

それが本当なら、由々しき事態である。

停止中の艦は、つねに平衡を保たねばならない。それが潜水艦じゃあるまいし、艦が前方へ傾いているなど、戦艦にはあってならない事態だった。

「どれどれ……」

しゃがみこんだ羅聞が、手に持っていたボールペンを床に転がした。

するとそれは、たしかに止まることなく、艦橋前方へと転がっていく。

「ほんとだ、傾いてる。こりゃ沈むわ」

無責任な一言である。

艦が心持ち前方へ傾いていても、そう簡単に大和が沈むわけがない。

横転ならまだしも、前後の傾斜で艦が沈むとなれば、それは艦尾を直上にもたげての全没しかありえないからだ。

そんなことは、艦が撃沈された時か、キングストン弁を開いて自沈する時しか起こらない。

「しかし、変だな。なんで傾いたままなんだろう。本当に、艦首部に浸水しているのかもしれない。ちょっと見てくる」

心配になった轟、あわてて艦橋エレベーターにむかった。

「あ、僕も」

「それなら、儂も」

「全員、後に続けー！」

「ほいほい」

「きゃー！」

轟に寺中が追従した途端、鎌北・足元・羅聞・三人組の順番に、先を争うようにしてエレベーターへと殺到した。なんとも主体性のない連中である。

エレベーターで一階まで降り、上甲板出口へむかう。

そこから左舷甲板を走り、第一砲塔前に出た。

そこまで来たとき、どこからか声が聞こえた。

「どなたか、おらんのかー。我は、黒田長政が配下の者。わけあって、この城の主に言伝《ことづて》申しつかっておる。ただちに開門なされよー」

武士言葉である。

しかも、黒田長政の部下と名乗っている。

ということは……。

「ここ、戦国時代だー！」

全員、途方に暮れた声を上げた。

そう……。

羅聞祐斗のネタ欲しさがために、彼らは大和ごと、どこかの時間流に存在する戦国時代へと飛ばされてしまったのである。

「ん……？　黒田長政だって……ということは、

戦国末期だな」

ネタに苦しんでいただけあって、一番先に反応したのは羅聞だった。

すぐさま左舷の手すりに身を持たれかけさせ、下のほうへ声をかけた。

「黒田公配下のどなたか知りませんが、ここ、ど、こ、で、ご、ざ、る、かー？」

最後だけ、武士言葉にすればいいというものではない。

しかし相手も困っていたのか、嬉しそうに返事してきた。

「おお、どなたか居られたか。身どもは酒田中左衛門と申す者。一夜にして現れた黒鉄《くろがね》の城の主に、我が主君黒田公から伝言がござる。事は急を要するゆえ、ただちに開門願い仕《つかまつ》る！」

「だから、ここはどこ？　今はいつか教えてくれれば、こっちとしても応対できるんですよー」

現代言葉が理解されるか否か不明だが、相手も使者を担っている以上、なんとか意思疎通させたいらしい。

しばらくして、ふたたび声がした。

「異な事を聞かれるものだが……ここは関ヶ原に決まっておる。いまは慶長五年、長月《ながつき》の一五日じゃ。そなたらも天下分け目の合戦に参じたからには、徳川勢か豊臣勢のいずれかに相違ござらぬのではないか？」

酒田と名乗る武将の声が、段々と不審者に対するものへと変わってきた。

慶長五年の長月一五日といえば、西暦一六〇〇年九月一五日だ（ただし旧暦）。羅聞たち時空世界の史実では、たしかにその日、関ヶ原の合戦が行なわれていた。

その時――。

夜明け前の涼風が、背後にある伊吹山方向から吹き降ろしてきた。

風は関ヶ原一帯に立ちこめていた濃霧を吹き払い、またたくまに見通しを良くしていく。同時に、夜半から激しく降っていた雨も、嘘のように降り止んだ。たぶん、寒冷前線が通過したんだろう。

「これは……」

甲板にいる全員が、予想外の光景に目を奪われた。

なんと大和は、伊吹山方向に尻をむけ、牧田川の支流が作りあげた狭い平地部分方向へ、やや前方へ傾くようにして、どどーんと関ヶ原のど真ん中に鎮座していたのである。

全長二六三メートル、喫水一〇・四メートル、六万四〇〇〇トンの巨体が、海ではなく狭い関ヶ原の街道辻に居座っている。喫水部よりやや下方部分まで地面にめり込んでいるため、艦が横転する可能性はない。

西の方角――右舷側には、宇喜田秀家や小西行長の旗印を筆頭に、石田三成ひきいる西軍がひしめいているし、東にあたる左舷側に走ってみれば、そこには黒田・細川・加藤・松平らの前衛を経て、その背後には、徳川家康直率の本隊が旗の波を作っていた。

史実によれば、関ヶ原の合戦が開始されたのは午前八時だ。

ということは、いままさに両軍がにらみ合い、激突寸前の朝……。

その両軍を分けるようにして、大和の流麗な艦体が横たわっていた。

「なんちゅー、ややこしいとこに……」

呆れたように、足元がつぶやいた。

そして羅聞のそばに行き、小声で聞いた。

「ここまで舞台を揃えたんだから、次の巻のネタ、充分じゃないの？　そろそろ打開策、儂らにも教えてくれれんかい」

すると羅聞、たちまち縮こまり、がっくりと頭を垂れた。

「これ、次巻のネタにならん。だって覇・戦国史って、織田信長が天下を統一したのち、世界へ雄飛する話だもん。だから作品中に、関ヶ原は登場しない。あー、足軽の持ってる種子島銃の形式から、西暦一六〇〇年前後と思って、これはネタになるって信じてたのになー」

たしかに、羅聞が原案を担当している覇・戦国史の次巻は、西暦一六〇〇年代初頭が舞台となっている。

だからといって、よりによって関ヶ原へ飛びこむのは無謀である。

「……というと、なんの基礎知識もない？」

足元の声が、かすかに震えている。

「関ヶ原の合戦なんて、戦国時代末期の出来事だから、これまで題材にしたことないもんなあ。せめて本能寺とか天王山あたりだったら、まだ記憶に残ってるんだけど……」

手元の資料や作品にあることは、絶対に記憶しない。

それが羅聞の執筆スタイルである。ようは記憶能力に乏しいのを糊塗《こと》するための言いわけに過ぎないのだが、ともかく調べればわかることは覚えない。そのため、酷い場合には、昨日書いた作品の主人公すら、読み直さないと思いだせないことがある。

以前には、シリーズ作品の第何巻目かで、書き上げた作品の主人公名が、おおよそ半分にわたって違っていたことさえある。それくらい、羅聞の健忘症はひどい。

そんな人物に、事態の解決を期待するのは無理……。

足元も、ようやくそれに気づいたようだ。

「鎌北……どうやら転移したのは、大和単艦のみらしいな。目を凝らして周囲を眺めてみたが、他の艦が見当たらん。となると、どう急場をしのぐ？」

こうなると頼りになるのは、総力戦研究所仲間の鎌北のみだ。

ここに社長の阿立や、作家の中貫衣士《なかぬきぬのひと》がいれば、さらに心強いのだが、二人とも忙しいとのことで伊東入りしていない。まことに残念である。

「あの～。関ヶ原って、あの関ヶ原の合戦の関ヶ原ですか？」

時代が違うため、轟参謀長も勝手が違うらしく、妙にしおらしく質問してきた。

「愚連艦隊の歴史にも、関ヶ原の合戦ってあったんですか」

違う時間流から来た連中のため、てっきり歴史も違うと思っていた足元が、目から鱗が取れたような顔をしている。

なにせ第二次世界大戦の頃の歴史は、愚連艦隊史を手掛けているだけあって、けっこう詳しく聞いている。しかし明治以前の歴史については、まったく取材していなかったのである。

「政府にもらった日本史年表を見る限り、若干の人物名称や日時が違うだけで、その他はあまり変化ないみたいです。たぶん歴史ってのは、なんらかの慣性力があるんでしょうね」

轟にしては、まともな返事だった。

これが足元ではなく鎌北の質問になると、自問自答しているような気がするのか、いつも支離滅裂になるのとは好対照だ。

「戦国時代っていうとー、もしかして、真田幸村様がいるってこと？」

横から佳奈が、例の調子の色っぽい声で訊いてきた。

ボディコン娘の佳奈が歴史に興味あるとは、意外や意外である。もしかしたら、歴史上にいた『いい男』にのみ、興味があるのかもしれないが……となると、新撰組の沖田あたりもレパートリーの内だろう。

「関ヶ原なら、真田幸村は西軍に属してたから、右舷側のどっかにいるんじゃないかなあ」

答えたのは、なんと雪之丞である。

どうやら総務部指導隊長として、自分が返答しなければいけないと思ったらしい。

「隊長さん、意外と物知りなんですねー」

「あ、いや……たまたま平成時代の読み物で、真田幸村の小説があったもんで、それを読んだばっかだったんだ」

また雪之丞、でれでれと鼻の下を伸ばす。

しかも、またしてもここに彩子がいない。教習所までは一緒だったのだが、夕食の支度をするといって司令部にもどったため、大和見学は娘ッ子三人だけだったのだ。

このぶんでは、帰ったら物凄いことになりそうである。

「もーし！」

痺れを切らしたのか、武将の酒田が、また声をかけてきた。

そういや、話の途中だったんだ。

誰もが、酒田のことなど忘れていた。まことに可哀想である。

「開門ならずとあらば、敵方と見なすしかござらぬが、それでよろしいか!?」

開門もなにも、大和の喫水下——巨大なバルジのある赤い横腹部分に扉などあるわけがない。

相手は大和を城と見ているが、これは軍艦である。

「参ったなー。どうしたらいいんだろ……」

さしもの轟参謀長も、時代が違うだけに苦慮している。

これが大官寺なら、戦国時代など雑兵の集まりと、ただちに天下統一へ乗りだすに決まっているのだが、幸いに今はいない。轟が事実上の最高指揮官である（轟がいる時は、鎌北は副官にしかなれない）。

悩む男どもに愛想がつきたのか、進言したのは未来だった。

「ともかく、徳川勢の言い分だけ聞くのは不公平でしょう。使者をむかえ入れるのなら、両軍から平等に入れないと。そうでなくとも天下分け目の戦いなんですから、大和が味方についたほうが勝つに決まってます。そういう点では、私たち、歴史を左右できる立場にいると思います」

言葉は勇ましいが、轟の顔色は優れない。

「君はそう言うけど、ここ、海の上じゃないんだぞ？　陸に上がった大和に、なにができるっていうんだ」

戦艦が地上にめり込んでいる状態なのだから、まず移動は不可能だ。

幸いにも、艦首部分が川をせき止めているため、次第に艦首部分に水が溜まりはじめている。半日もすれば、ちょっとした堰くらいには水を取りこむことが可能だろう。

なにしろ軍艦は、蒸気で動いている。

不思議に思うだろうが、大和といえどもボイラーで水を沸騰させ、それを動力としてタービン駆動する、純然たる蒸気船なのだ。平成時代の船の大半がディーゼル機関やガスタービン機関で動いているのとは、そもそもから駆動原理が違うのである。

でもって、蒸気機関の他にも、軍艦は豊富な水を必要とする。それをなんとか確保できる目処《めど》が立っているだけでも、まだ幸いだった。

となると、主砲やその他の砲も使用できる。

ただし通常の状態であれば、大半の砲は水平以下にすることができないため、艦の直近は死角となる。ところが今回の場合、大和は前方へ一〇度ほど傾いているため、少なくとも東西方向を直線で結んだ場合、垂直方向にあたる東南から西南方向の一八〇度に関しては、何もせずとも砲を一〇度までマイナス角にできる。

これは部分的にだが、艦の防衛には好都合である。

背後は伊吹山だから、そちらをマイナス角で砲撃する可能性はない。となると、ますます好都合だ。全般的に見た場合、大和は動けないものの、かなり有効に武器を活用できる状況にあると言えるだろう。

「やるっきゃないでしょー。まさか両軍が、私たちの仲介で仲直りするなんて、とても思えませんから。かといって、ここで中立を保つってのも、ちょっと無理じゃないかなあ」

　ここあたりは、戦争を知らない平成時代人の恐いところだ。

　やるっきゃないと簡単に言うが、大和が合戦に参加したら、ほとんど皆殺しに近い惨状が生じてしまう。この時代の炸裂しない砲弾など、たとえ大和の非装甲部分であっても破壊できない。

　そんな非力な相手に対し、四六センチ砲弾をぶちかますなど、非人道的もいい加減にせいと怒られるのがオチである。

「よし、様子を見ることにする。しばらく、なにもしない。愚連艦隊は、これより日和見をする！　その間に、なんか対策を練る!!」

　洞が峠の筒井順慶は天王山の話だから、関ヶ原では小早川秀秋の日和見みたいなものだろうか。

　その小早川軍も、大和の右舷前方にある松尾山に陣取っているはずだ。

　でも……。

　やっぱり、それが妥当なところだよなあ。

　温厚な措置が得意な轟だけに、それなりの結論に達したのは当然だった。

五

一六〇〇年九月一五日朝　関ヶ原

　合戦において、両軍が激突すべき場所に、高さ数十メートルの鋼鉄でできた壁が立ちはだかっている。叩くとカーンと響くものの、とても人間の手や携帯武器程度では打ち破れそうにない。まさしく、黒鉄《くろがね》でできた城壁である。

　これでは迂回でもしない限り、物理的に衝突しようがない。

そのため徳川・豊臣両軍とも、せっかく苦労して敷いた布陣をどう動かすべきか、双方ともに苦慮していた。

「ええい、小賢《こざか》しい。あんな城など捨て置き、廻りこんで攻めるべきであろう！」

西軍の本陣では、時間がたてば我が方に不利と考える石田三成が、さかんに檄を飛ばしていた。

三成の檄に、真っ向から異を唱えたのは、毛利の重鎮・安国寺恵瓊《えけい》だった。

合戦直前だったため、主だった将は各部隊に散っていたのだが、急遽、本陣へ集められた。いわゆる、緊急の軍議である。

それにしても、安国寺勢は、西軍の本陣から遥かに離れた南宮山東麓に布陣していたというのに、その大将が単身、伊吹山南麓まで戻ってよいものだろうか。そもそも、この布陣は徳川勢の背後に廻りこむための伏兵なのだから、事態の急変に合わせて機動的に動くことが求められる。

なのに、指揮をとる大将がいないのでは、まったく意味がない。

回りを見ると、同じ場所に布陣しているはずの毛利秀元／長宗我部盛親の姿もあるから、まさに西軍全員集合である。

これでは、出陣先に残された各部隊は、さぞや心細い思いをしていることだろう。

ちなみに、関ヶ原の合戦が始まる直前の布陣を見てみると、豊臣勢は、完璧な包囲殲滅《せんめつ》戦を想定したものとなっている。それにくらべ徳川勢は、街道に沿って前衛―本陣―殿軍と直線構造になっており、あまりぱっとしない変形鋒矢陣を採用している。

関ヶ原のように狭隘《きょうあい》な谷型の戦場では、圧倒的に豊臣勢の布陣が優れている。とくに安国寺と長宗我部が挟撃陣を敷いているところなど、なるほどと感心させられるほどだ。

もし史実通りに西軍から寝返りが出なければ、順当にいけば敗退するのは徳川勢になるはずだ。そうなれば、その後の歴史もまったく変わっていただろう。

つまり、この布陣から言えることは、戦争は、前線の優劣だけで勝負が決するわけではないということだ。関ヶ原の戦いは、両者がにらみ合う遥か前に、裏切り者への工作活動という裏技により決着していたのである。

「左様に申されるが、あの城、すべて黒鉄にてできておると知らせが入っておる。天下広しといえども、総鉄張りの城を建てた大名はござらぬ。つい先日に完成したと聞く加藤清正公の熊本城ですら、あれだけ苦労して名城を作りあげたものの、黒鉄の城ではござらんかった。

あの城の持ち主が誰であれ、一夜にして黒鉄の城を作りあげたるは、まさしく、今は亡き太閤殿に優るとも劣らぬ所業。ゆえに軽々しく扱えば、必ずや豊臣家に害をなすに相違ござらぬ」

沈黙を守る戦艦『大和』が、安国寺には、よほど脅威に見えるらしい。

これ見よがしに延びる四六センチ四五口径主砲の林立も、あれが大砲と理解できれば、とてつもない破壊力を有することぐらい察するのは簡単だ。

戦国時代の者の目には、大和の集中防御区画に存在する無数の砲や機銃は、城の銃眼から針鼠のように突きでた防御兵器に見えるはずだ。それらが一斉に火を吹いたら、接近している部隊など、またたくまに全滅する……。

これは徳川勢においては、どうやら用心深い家康の最高意思により周知徹底されているようで、彼らに主だった動きはない。時をおいては不利と判断している豊臣勢だけが、さかんに軍議の場で騒いでいるのみである。

しかし……。

どーするつもりだ？

まさか延々と、このままにらみ合いをさせるわけにも、いかんだろうに。

愚連艦隊が日和見を決めて、おおよそ一時間あまり……。

すでに史実では、両軍が激突している時間になった。

と、その時——。

大和の後部三番主砲が、いきなり轟音とともに旋回しはじめた。

みるみる三本の砲身をもたげ、キリキリと天空を睨みはじめる。

そして一分後。

——ズドドッ！

朝の静寂を貫き、まばゆい主砲発射炎が巻きおこった。

発射時に甲板にいると、その者は内臓破裂で死亡する。そのため主砲発射時は、甲板無人を徹底させるのが大和型の常識……その、とてつもない主砲が吼えたのだ。

——ドドーン！

数秒と待たず、伊吹山山頂部を吹き飛ばす大爆発が発生した。

なんと大和は、無人の伊吹山山頂を砲撃したのである。

「あわ、あわわわわ……！」

聞いたことのない巨大な砲声。

信じられないほどの射程を有する砲弾。

そして山頂部そのものが爆発したかのような、
凄まじい破壊力……。

これは平成時代において、この大和ではない別のヤマトが、艦首波動砲を地表でぶっ放したようなもんだ（言うに事欠いて、なんちゅー比喩だ）。

当然、戦国時代の人間なら誰しも、この世ならざる光景に腰を抜かす。

それは、石田三成すら例外ではなかった。

「あ、あれは、大砲か？　たった三発で、伊吹山の形が変わったぞ!!」

慌てて本陣に駆けこんできたのは、勇猛果敢で鳴らしている島津義弘。

肝の座った鹿児島男児も、いまは顔面が蒼白になっている。

「……わからん。いまわかることは、あれに狙われたら、儂らは滅ぶということだけじゃ」

頭脳明晰で名高い三成も、いまは混乱の極にあった。

すると突然、黒鉄の城の方角から、大きな声がした。

割れ鐘のように響く、とても人間の喉から出たとは思えないほどの大音声だ。

「徳川、豊臣の両軍に告ぐ。我々は日の本をおさめる帝《みかど》の命により、天より下りし天軍なるぞ。おのれらは、太閤だ将軍だと名目をたて、その実、帝をないがしろにして戦っておる。だが、天下は古来より朝廷のものであり、武士のものではない。

ゆえに、ただちに矛を引き、所領へ帰れ。これより先は、京の帝が日の本を統治する。豊臣は関ヶ原より西、徳川は関ヶ原より東を、帝の許しを得て治めるのであれば、帝も天武《てんぶ》を使うことはない。我らは、いつの時、どこであれ、天より現われ出ずるから、逃げ隠れはできまいぞ。

それでも朝廷に逆らうとあらば、逆賊として、我らが天の鳥船にて、一切を焼き払う。この天の鳥船『大和』は、そのためにある。先ほど放った天の逆矛の威力、とくと見たであろう。神々の矛を恐れぬ者には災いが来る。それでもよいか？

これより一刻の時を預ける。一刻で、両軍ともに関ヶ原より去れ。もし一刻ののち、関ヶ原に残る者あれば、ことごとく我らが消し去る。そののちも、ここへ立ち入る者あらば、我らはすぐさま参上し、一人残らず成敗する。

これより百年のあいだ、何人たりとも関ヶ原に立ち入るを禁ず。加賀と紀伊にも関所を設け、東西の交流を禁じる。そうして百年、おぬしらは別々に生き、ただひたすら、日の本へ至る南蛮の者どもへ目を光らせよ。東西ともに南蛮を退け、日の本の威信を広く天下に知らしめよ。

さすれば百年後、日の本は、一つの国として再生できるだろう。そして南蛮勢力をしのぐ力をもつ、新たな帝の国……大日本帝国が誕生することになるだろう。それまで両軍ともに、帝のために精進《しょうじん》せよ。それが日の本に住まう八百万《やおよろず》の神々の望みである」

誰かと思えば、この声は羅聞である。

そういえば、いま艦外スピーカーから流れている大音響のセリフ、かつて羅聞が書いた小説の話によく似ている。

さすが法螺吹き作家、法螺と恫喝だけで、両軍を解散させようと考えたらしい。

しかし法螺の部分はともかく、大和の軍事力は本物のため、恫喝もこの世界では世界最大級のものとなる。これだと、効かないはずがない。

放送が終わると、大和に搭載されている全装備が、唸りをあげて砲身を動かしはじめた。

第二主砲が、まっすぐ西軍本陣を睨みつけている。

いま撃たれたら、ここにいる全員が吹き飛ぶのは間違いなかった。

だが、第一砲塔は尻をむけている。つまり、徳川の本陣を睨みつけているわけだ。そのことに気づいた宇喜田秀家が、ため息をつきながら言った。

「朝廷がなにをしたか知らんが、あの凄まじい威力の大砲で撃たれたら、もはや合戦もなかろう。あやつらの言うように、本当に天軍かもしれんな。かつて蒙古が襲来した時、天は神風を吹かせた。それと同じことが、また起こったのかも知れぬ」

この時代、まだ神仏の力は現実のものであり、このような状況が出現しても、それを非科学的と笑う者はいない。

さすがに生身の人間としての天皇が、これほど大それた神仏の力を駆使できるとは思っていないが、天皇の遥か祖先である高天ヶ原の神々については、伊勢神宮をはじめとして、この時代では天変地異を起こさせる力をもった神として崇められていた。

その神々が、自分たちの子孫である朝廷をないがしろにする武士どもに、とうとう堪忍袋の緒を切らせた……そう思わせるよう、大和のメッセージには細工が施されていたのである。

「儂らは、人としてやってはならぬことを、しでかしたのか？　かつて信長公が、京で討たれたのも、不遜にも第六天魔王と詐称した罪を、天が罰したと噂されたが……あれと同じことが、儂らにも下されたのか？」

頭が良いだけに、石田三成は、理解不能な状況に追いこまれると混乱する度合も大きい。

豊臣秀吉が死去し、天下が乱れた。

徳川家康は、次の天下人となるため挙兵し、豊臣の天下を葬り去ろうとしている。

だから自分は、豊臣家の一員として、豊臣の天下を守らねばならない……。

そう信じたからこそ檄を飛ばし、西軍をまとめあげたのだ。

ところが、あの城の者は、天下はもともと帝のものであり、武士に天下を左右することはできないと明言した。言われればその通りで、征夷大将軍であっても、朝廷から天下を預かるだけであり、天下を我が物とするわけではない。

あまりにも武士が増長した結果、日の本を治める八百万の神々が怒った。

この時代の人間には、充分に説得力のある話だった。

悩む三成のもとに、ダメ押しの報告が入った。

「徳川勢、我先に、東へ逃げ落ちはじめました！」

たぶん臆病な家康が、真っ先に逃げだしたのだろう。

本陣が逃げだせば、全軍が潰走する。それを裏付けるような報告だった。

「もはや時がない。我が方も、ただちに……」

もとから戦う気のなかった小早川秀秋が、ここぞとばかりに進言した。

「安土まで、引く！」

ついに恐怖に負けた三成は、全軍撤収の命令を発した。

かくして……。

たった三発の主砲弾と、ラウドスピーカー演説一回で、見事に愚連艦隊は、関ヶ原の合戦を崩壊へと導いたのであった。

六

二〇〇X年八月一日　伊東

「なあんじゃと～！　戦国時代まで行って、主砲三発だけで帰ってきたじゃとー!!」

というわけで……。

またまた、帰ってまいりました。

それも不思議なことに、誰も帰還用の『歴史の窓』を見ていないというのに、大和は勝手に平成時代へ逆戻りしている。こうなるともう、理屈もへったくれもなく、出先で用事が済んだから、さっさと自動帰還システムが作動したようなもんである。

さっそく後付けで足元博士が分析したが、またしても珍説が飛びだす結果となった。

それによれば愚連艦隊は、この世界の平成時代を『エネルギーの振り出し点』としているようで、すべてのエネルギー平均も、平成時代を基準にしているらしい。もともとの出身世界からは、どうもエネルギー的にはじき出されて戻れそうにないらしい……。

となると、行った先の世界での滞在時間も、平成時代で蓄えたエネルギー量と正比例することになる。前回の時間流転移から間がなく、しかも転移したのが大和だけだったため、移動したエネルギーも相応に小さかった。そこで、先方の滞在時間も短くなったというわけだ。

すなわち、これまでの仮説は完全に白紙にもどったわけで、現在の説では、自動帰還こそが物理的に正しい。前説と同じなのは、『歴史の窓』が、たんに方向性を決めるためにあるという部分のみ……。

なんとまあ怪しすぎる仮説だが、他に説明する者がいないとあれば、いずれ本物の物理学者がまともな説をでっち上げるまで、とりあえず足元説が大手をふってのし歩くことになる。

でもって、さっそく大官寺に事の次第を報告した轟参謀長以下だったが、返ってきたのは、たったいま聞いた通り、盛大な罵声であった。

「でも、関ヶ原の合戦を回避させたんですから、良かったんじゃないですか？」

頭ごなしに怒鳴られ、雪之丞もむっとしている。

いくら時間流が違うといっても、あの状況で、多くの戦死者を出した関ヶ原の合戦を回避に導いたことは、誉められこそすれ、怒鳴られるようなことではないはず……そう言いたいらしい。

「なに、青臭いこと言っとるんじゃ。怨みに凝り固まった東西両軍が、本気で和睦するわけないじゃろーが！　あれは脅しに負けて、たんに一時的な撤収をしたにすぎん。当然、おまえらがいなくなったら、さっさと第二次関ヶ原合戦を始める。しかも、怨念凝り固まっているぶん、よけい盛大にな。

おまえらのやったことは、くすぶっていた火に、油をかけて一時的に鎮火させたようなもんじゃ。そのうち、爆発的に燃え上がるにきまっとる。それよりも、せっかく大和を持っていったんじゃから、盛大に撃ちまくって、あちらの世界を心底から震え上がらせるべきじゃった。

そうすれば、愚連艦隊が第二の信長として、天下統一を果たせたかもしれれん。そこまでやってこそ、歴史に干渉するというもんじゃ。それを主砲三発では、お土産もちびたものにしかならん。ほれ、おまえらが持ってかえった土産、そこにある大砲三門と種子島銃二六挺、そして二束三文の足軽胴丸が六個、あとは関ヶ原の土と水だけ……。

こんなもん、どこのテレビ局も買ってくれんぞ。まあ、幸いなことに、儂の命令を忠実に守った足元博士が、例のＤＶＤビデオで、一時間ほど録画してきたから良いようなものの、そうでなければ大赤字になるところじゃったわい」

すでに大官寺、時間流転移をビジネスとして考えているらしい。

その証拠に、帰ってきて四時間ほどしか経過していないにも関わらず、ここ陸奥艦橋の長官席左右には、平成時代の民放連合代表者と、なんと政府の代表として太田官房長官が立っていた。

大和が時間流転移した直後、すぐにビジネスのための商談を立ちあげていなければ、こうもすんなり、二人がいる状況にはならない。

余談だが、大官寺は大きな見落としをしていた。

じつは数少ない土産の種子島銃のうち、たった一挺だが、他とは違う高級そうなものがあった。のちに専門家が鑑定したところによると、銃床の底に豊臣の紋と秀吉の名が彫りこまれていた。

つまり、それは正真正銘、秀吉愛用の銃であり、かつ西軍に大義を与える秀吉の遺品ということになる。たぶん太閤の身分を保証し、国家鎮護の理由で徳川を征伐する錦の御旗《みはた》の役目をこなした品だろう。これは歴史上の新発見であり、国宝級の価値のあるものだった（むろん、のちにオークションにかけられ、なんと一二億円の値段がつけられた）。

大官寺のビジネス路線をダメ押しするかのように、太田官房長官が口を開いた。

「大泉首相以下、我が政府としましては、貴艦隊の存在をどう扱うか、これまで苦慮に苦慮を重ねて参りました。そして合衆国やEU各国、さらにはアジア各国の意見も充分に聞き入れ、ここに正式な政府提案を行ないに参った次第であります」

得意げな大官寺の隣で、生真面目な太田官房長官がしゃべると、まるで王様と侍従のような雰囲気がする。

それにしても、すでに政府提案を知っているらしい大官寺、先ほど怒鳴ったわりには上機嫌だ。よほど提案が気に入っているらしい。

「日本政府は、儂らに仕事をくれるそうじゃ。名づけて『時空世界遺産保護プロジェクト』。すなわち、儂らが歴史の窓を飛び越える能力を持っているため、それを利用し、行った先の世界に存在する世界的遺産の数々を、破壊される前に保護するプロジェクトだそうな。

たとえば第二次世界大戦では、幾多の世界的な文化・自然遺産が破壊された。最近ではアフガン戦争でも、バーミヤンの貴重な仏教遺跡が、跡形もなく破壊されてしもうた。形あるもの、いずれは滅びる。ならば形あるうちに、保護できるものは保護し、巨大すぎて無理ならば、せめてその世界で破壊をまぬがれるよう、我が艦隊の能力を存分に生かすというもんじゃ。

ただし日本政府は、必要な条件があると言っておる。なにせ世界に冠たる平和国家じゃから、儂らが無差別に転移し、行った先で武力を行使してしまうと、支援どころか政府まで空中分解しかねんそうだ。

そこで日本政府は、『歴史の窓』を監視し、それを意図的かつ選択的に選ぶことができるよう、愚連艦隊・日本政府・国連の三者合同による、『時空特別監視委員会』を設置しろと言ってきた。そこで儂らが出動するにふさわしい窓を選び、儂らは委員会の許諾を得てのち、時間流を越えて世界的な遺産を保護しにいくことになった。

これならば、平成時代の大義名分にも合致する。そう、日本政府は考えたそうじゃ。むろん行った先で保護するものは、持ちかえっても世界的な遺産ということで、儂らのものにはならん。しかし、その他の余禄部分に関しては、儂らの自由にできるそうじゃ」

なるほど、大官寺の狙いは余禄部分か。

だからこそ関ヶ原の土産が少ないと、あれだけ怒ったのだ。せめて秀吉愛用の金の茶釜でも持って帰れば、もう少し機嫌が良かったかもしれない(のちに鉄砲で帳消しになったが、それでも不満らしい)。

得意げに喋った大官寺だったが、すぐに足元が質問した。

「平成時代の大義名分って……まさか、大量破壊兵器があるらしいという憶測だけで、以前から気に入らなかった独立国家を一方的に先制攻撃した、大泉首相のお友達大統領ひきいる国家みたいな大義じゃないでしょうね?」

足元は、ややこしいことを言っているように聞こえるが、ようは次のようなことだ。

『おまえは嫌なやつだ。なにかというと、俺に逆らう。世界一強い俺に逆らうんだから、なにか特別の武器を持っているんだろう？　さあ、それを出せ。出さないなら、無理矢理にでも家捜しするぞ。なに、そんなものは持っていない？　よーし、シラを切るなら、武装した手下どもと、家に押し入ってやる……』

でもって、家捜ししても武器は出てこなかった。家は破壊されボロボロになったが、そんなのは自業自得だ。

とまあ、こんな大義名分である。

「あなたねえ、そんな誤解を招くようなこと言わないでくださいよ。あなたも平成時代の日本国民なんでしょう？　だったら、日本政府の言うことに従ってくださいよ」

露骨に顔をしかめた太田官房長官が、足元にむかって命令調で告げた。

「日本国の主権は国民にあるのであって、政府は国民の利権代表にすぎません。つまり、国民が日本政府に従うのではなく、日本政府が国民に従うのが正しい。あなたも政府の人間なら、それくらい憲法に書いてあることだから、とうぜん知っておくべきです」

おお、足元、かなり真面目だ。

いつもはオチャラケしている足元も、怒ると恐い。

どうやら太田の言葉が、カチンと来たようだった。

「まあまあ、足元博士。御意見はもっともじゃが、儂らの艦隊が十全に能力を生かすとしたら、今回の提案、なかなか魅力的だとは思わんか。どうせ平成時代では、儂らはお荷物扱いじゃ。

ならば、せめて平成時代の世界から感謝されるようなことを、儂らも考えねばならん。それがこの世界で生きていくための、最低限の条件ではなかろうか。そうでないと、いずれ愚連艦隊は無用の長物扱いされる。

儂としては、せっかく艦隊を持っているんじゃから、それを破棄して普通の民間団体になるより、使える限り使ってみたい。しかもそれが、時空を越えた全人類のためになるとなれば、まさしく艦隊冥利に尽きるというもんじゃ。

それでいて、五万の隊員を食わしていく日々の糧にもなるなら、まさに一石二鳥じゃわい。どうじゃ、足元博士。そこまで大義名分にこだわるなら、おぬしも合同委員会の一員に加わって、しっかり監視すればええじゃろ。なんなら愚連艦隊代表として、監視委員会へ出席できるよう算段してもよいが……」

自分のやりたいことを達成するためには、大宮寺は何でもやる。

いま言ったことも、一から十まで、『あらゆる歴史にちょっかい出したい』と思うからこそ、嘘も方便と言いまくっているはずだ。

たしか大宮寺は、前にこう言った。

『歴史を我が手に！』

それが、本音である。

「あー。足元さん、いいなあ……」

羅聞が本気で羨ましがっている。

そういえば鎌北は参謀長だし、足元は艦隊御用達の博士というのに、羅聞だけは出不精のせいで、なにも与えられていない。

元はといえば自分に原因があるのだが、ない物ねだりは得意である。

「羅聞……とか言ったな。そういえば羅聞光三郎なる役者が、儂らの世界にもおったが……あやつの孫か何かか？」

大官寺と羅聞は、あまり面識がない。

そのため、このような誤解も生じる。

「あ、いや、良く聞かれるんですけど、まったく関係ありません」

「ふーん。まあ、ええ。ところで、おぬし。関ヶ原で演説したそうじゃが、よくまあ天下の徳川と豊臣を相手に、たった一度の演説で撤収させられたな。その能力、なかなか得難いもんと見た。

ふむ、なんなら儂の艦隊で、情報参謀をやってみんか？　うちの情報参謀は、情報艦隊をひきいる総大将じゃから、そこらの並参謀とは違うぞ。しかも部下は、寺中の嫁さんである彩子を筆頭に、なかなかの美人揃いじゃ。

うむ、情報参謀では不服じゃろうな。よし、情報艦隊司令長官の名前をやろう。これなら、どうじゃ。むろん艦隊が時間流転移する時だけ、乗艦してくれれば良い。その他の時は、自宅で仕事してれば良いから、気晴らしには持ってこいと思うが、どうじゃ？　むろん、給金は艦隊司令長官並みに払うぞ」

大法螺吹きを野放しにしていると、大官寺の影が薄くなる。

直感的にそう思ったらしい大官寺、さっそく身内に取りこむ算段を固めたらしい。

それにしても……。

よりによって、情報艦隊司令長官とは。

あれだけ寺中が苦労した、例の帝華女学院出身のお嬢様軍団を羅聞がひきいるとなると、これはもう鬼に金棒、変態にマスクとコートである。

「艦隊司令長官なら、やります」

負けず嫌いで自己顕示欲豊富な羅聞、やはり乗った。

ああ、これでまた、執筆スケジュールが大幅に遅れることは間違いない。各社の編集さんたちが聞いたら、さぞや卒倒することだろう。

「なら、決まった！」

かくして……。

平成時代の特異な能力保持者まで仲間に取りこみ、愚連艦隊の新たな活動が始まったのである。

果たして、つぎなる餌食は……。

時間流を飛び越え、歴史に武力介入することが許された愚連艦隊にとり、もはやタブーは存在しない。

ゆいいつの足枷《あしかせ》は、平成日本の願いである人道的かつ大義名分のある行動のみだ。行った先での出来事は、足元が逐一録画して帰るから、あとで糾弾されないためには、それなりの行動規範を守らねばならない。

しかし、規範は破るためにあると豪語する大官寺にとり、それは楽しいゲームを、より楽しくするためのスパイスでしかなかった。

はてさて……。

大官寺は、平成時代の呪縛をどう逃れ、行った先の世界で大暴れするつもりなのだろう。それこそ、行ってみなければ判らなかった。


（平成愚連艦隊[1]　了）

巻末資料

《愚連艦隊編制表・二〇〇X年》

※各艦隊の司令長官は、現在、所属配備の最中のため不明。

1、機動部隊

愚製空母　陸奥
　航空機　八〇
特設空母　長崎／福岡／熊本
　航空機　三〇〇
正規空母　ミッドウェイ／ハワイ
　航空機　二四〇
正規空母　硫黄島／沖縄
　航空機　二〇〇
正規空母　奄美／佐渡
　航空機　二〇〇
軽巡　ニューアーク／ファーゴ／ダラス／ポーツマス／デイトンⅡ／バッファロー／マンチェスター／ジャクソン
愚製駆逐艦『松』型　赤松／黒松／唐松／椴松《とどまつ》改／這松／五葉松／蝦夷松／大樅《おおもみ》／白桧曽《しらびそ》
改装駆逐艦『花』型　輝花／秋花／戦花／厳花／極花／究花／桜花／麗花／彩花／海花／雲花／紫花／白花／夜花／日花／梅花／風花／雷花
ギアリング級改型　二四隻

2、打撃部隊

戦艦　伊利野居《イリノイ》／剣宅紀伊《ケンタッキー》
戦艦　磨宇井《マウイ》／波和井《ハワイ》／華宇亜井《カウアイ》／雄亜府《オアフ》
突撃重巡　新天地／楽天地／新世界／別世界
特設巡洋艦　高良／普賢／天山
軽巡　マイアミ／オクラホマシティ
改装駆逐艦『文月』型　文月改／皐月《さつき》改／長月改／水無月改／秋月改／涼月改／照月改／初月改
改装駆逐艦『潮』型　黒潮改／早潮改／夏潮改／荒潮改／満潮改／朝潮改／大潮改
特設駆逐艦『南天』型　南天／晴天／好天／曇天／雨天／北天

アレン・M・サムナー級改型　一二隻

3、情報艦隊

特設軽巡　アルカディア／ヴィンセンス改／パサデナ改／スプリングフィールド改
護衛空母　マニラ・ベイ／ソロモンズ
特設駆逐艦　二四隻

4、上陸艦隊

愚製打撃艦　久重／鷹取／金峰／白鳥
高速打撃艦　背振／三方／開聞
軽巡　ヘレナ／ヴァイホ／ロアノーク／シャイアン
強襲駆逐艦『竹』型　孟宗《もうそう》／布袋／黒竹／真竹／夏竹／秋竹／春竹／冬竹／笹竹／根竹／松竹／煮竹

強襲駆逐艦『鶴』型　夕鶴／白鶴／紅鶴／黒鶴／青鶴／雪鶴／空鶴／海鶴／風鶴／麗鶴／偽鶴／寒鶴

リバモア級改型　一六隻

強襲揚陸艦　諫早／志布志／博多／別府／久留米／松橋／荒尾／伊万里

特設兵員揚陸艦　南海／東海／西海／北海／春海／夏海／秋海／冬海

揚陸母艦　LSD改型　一〇

戦車揚陸艦　LST－1改　二〇

揚陸輸送艦　APA改型　一〇

揚陸輸送艦　AKA改型　一〇

5、上陸部隊

第二陸戦隊　三個大隊（一八〇〇名）

第三陸戦隊　三個大隊（一八〇〇名）

《平成愚連艦隊スペック表／一部抜粋》

愚製空母『陸奥』

※橋本博士の発案で、機関摩擦部にモリブデンを使用。

最終改装：時空違いの二〇〇X年
排水量：三万六二〇〇トン
速力：三〇ノット
搭載：航空機八〇
装甲：複合和紙
：舷側一〇ユニット
：上甲板四ユニット
：飛行甲板一ユニット
武装：一二・七センチ連装高角砲×四
：四〇ミリ四連装機関砲×四（ボフォース・ミリオネア社製）
：二五ミリ連装機銃×六
：試製六式三二連対空噴進砲×四
その他：試製六式蒸気カタパルト×二
：近海レーダー装置（船団統制機能付き）……★いわゆる平成装備
：魚群探知機改ソナー装置……★いわゆる平成装備
：艦内LAN装置……★いわゆる平成装備
：GPS航行装置（昭和時代では役立たず）……★いわゆる平成装備
：パソコン各種……★いわゆる平成装備

特設空母『長崎』型

※鹵獲したエセックス級を鋭意改装。

改装：昭和一八年一二月～
最終改装：時空違いの二〇〇X年
排水量：二万八二〇〇トン
速力：三〇ノット
搭載：航空機一〇〇
装甲：複合和紙
　：舷側八ユニット
　：上甲板二ユニット
　：飛行甲板一ユニット
武装：四〇ミリ四連装機関砲×四（ボフォース・ミリオネア社製）
：一二・七センチ連装高角砲×四
：二〇ミリ機銃×四〇
：六式航空電探装置
：近海レーダー装置
：試製六式蒸気カタパルト×二

正規空母ミッドウェイ型

※なぜか、史実通りのミッドウェイ級。
※降伏した米軍より接収。
※平成時代入り後、いわゆる平成装備を追加。

同型艦：ミッドウェイ／ハワイ

正規空母『硫黄島』型

※なぜか、史実通りのエセックス級。
※降伏した米軍より接収。
※平成時代入り後、いわゆる平成装備を追加。

同型艦：硫黄島／沖縄／奄美／佐渡

戦艦『伊利野居』型

※アメリカ西海岸で建艦中だったアイオワ型戦艦を、現地で突貫改装した。
※主砲が間にあわず、しかたなしに大和型の主砲を付けた。
※平成時代入り後、いわゆる平成装備を追加。

同型艦：伊利野居／剣宅紀伊

排水量：七万二〇〇〇トン
　速力：二八ノット
　武装：四六センチ四五口径二連装×四
　　　：一二センチ連装高角砲×六
　　　：四〇ミリ連装機銃×二〇
　　　：ミリオネア社製対空ロケット発射装置×六装甲：複合和紙：舷側一〇ユニット
　　　　　　　　：上甲板四ユニット

特設戦艦『磨宇井』型

※鹵獲した太平洋防衛艦隊の戦艦四隻を改装。
※ハワイで行なっているため、比較的まともな改装である。
※全艦、旧サウス・ダコタ級
※平成時代入り後、いわゆる平成装備を追加。

改装：昭和二〇年四月～

排水量：三万六〇〇〇トン
　速力：二八ノット
　装甲：既存のまま
　武装：四〇・六センチ三連装×三

：一二センチ高角砲×一〇
：四〇ミリ機銃×一〇
：愚製五式三二連対空噴進砲×八

特設重巡『新世界』型

※鹵獲した突撃重巡『クインシー』級の名称変更。
※速度確保のため、装甲の一部撤去。
※平成時代入り後、いわゆる平成装備を追加。

排水量：一万四〇〇〇トン
速力：三〇ノット
武装：二〇・三センチ三連装×三
：一二センチ連装高角砲×四
：四〇ミリ機銃×一〇
：愚製五式三二連対空噴進砲×四

特設軽巡アルカディア

排水量：九三〇〇トン
全長：一八六メートル
全幅：一六・四メートル
速力：三六ノット
武装：二〇センチ連装砲×二
：一二・七センチ連装高角砲×六
：四〇ミリ機銃×一六
：橋本博士謹製の秘密装備※1あり

※1……舷側対艦噴進砲×一〇。海南研究所謹製

愚製打撃艦『久重』級

※愚連世界の大和／武蔵が沈んで、予備の四六センチ

砲が余ったため。

※高速打撃艦『背振』級の拡大設計艦

竣工：昭和一八年一〇月～
最終改装：時空違いの二〇〇X年

排水量：一万二五〇〇トン
速力：二八ノット
装甲：複合和紙：舷側六ユニット
　　　　　　　：上甲板三ユニット
武装：四六センチ四五口径連装主砲×1（固定）
　　：四〇ミリ四連装機関砲×四（ボフォース・ミリオネア社製）
　　：二五ミリ連装機銃×四
　　：愚製四式一二連対空噴進砲×二
搭載：愚製五式水偵戦『藍雲』×二
　　：近海レーダー装置
　　：六式射撃統制レーダー（ミリオネア社製）

高速打撃艦『背振』『三方』『開聞』

排水量：八六〇〇トン
速力：二八ノット
装甲：複合和紙：舷側六ユニット
　　　　　　　：上甲板三ユニット
武装：四〇センチ連装主砲一基（固定）
　　：四〇ミリ四連装機関砲×四（ボフォース・ミリオネア社製）
　　：二五ミリ連装機銃×二
　　：愚製四式一二連対空噴進砲×二
搭載：愚製五式水偵戦『藍雲』×二

軽巡ニューアーク型

※米軍からの戦利品。
※史実ではクリーブランド級ではない名もあるが、無視してある。

同型艦：ニューアーク／ファーゴ／ダラス／ポーツマス／デイトンⅡ／バッファロー／マンチェスター／ジャクソン／マイアミ／オクラホマシティ／ヘレナ／ヴァイホ／ロアノーク／シャイアン

※クリーブランド級に、以下の装備を追加（同種装備は撤去）
・愚製五式水偵戦『藍雲』×二
・愚製五式二四連対空噴進砲×二
・六〇センチ四連装誘導魚雷発射管×二（ミリオネア社製）
・いわゆる平成装備

特設駆逐艦『松改』級

排水量：一四〇〇トン
速力：二九ノット
武装：主砲一四センチ×二
・四〇ミリ四連装機関砲×二（ボフォース・ミリオネア社製）
・二五ミリ連装機銃×二
・試製六式一二連対空噴進砲×四
・六〇センチ四連装誘導魚雷発射管×二
・五式投射爆雷装置×3（左右・後方：ヘッジホッグ式）
・魚探改ソナー

P－51改G型艦上戦闘機

※これぞアメリカの底力。
※終戦後に最終改造型が配備された。

設計：ノースアメリカン／ミリオネア社
乗員：一名
全幅：一一・三メートル
全長：九・八メートル
自重：四四二〇キロ
発動機：パッカード・マリーン二二〇〇馬力
最高速：七五〇キロ
航続：三二〇〇キロ（増槽使用時）
武装：一二・七ミリ×六
爆装：対空ロケット弾×六

F4Uコルセア改G型艦上爆撃機

※F4U改の最終改造型。

設計：チャンス・ボート／ミリオネア社
乗員：一名
全幅：一二・五メートル
全長：九・八メートル
自重：五六〇〇キロ
発動機：P&W　R－二八〇〇ダブルワスプ
　二六〇〇馬力
最高速：六八〇キロ
航続：三二〇〇キロ（増槽使用時）
武装：一二・七ミリ×六
爆装：一トン

愚製五式水偵戦『藍雲』

※これまた、ムスタングの水上偵察戦闘機版！

設計：川崎飛行機／ノースアメリカン社
乗員：一名
全長：九・八メートル
全幅：一一・二メートル
発動機：川崎ホR四一型　二〇〇〇馬力
重量：三二〇〇キロ（フロート内増槽使用時）
速度：時速五八〇キロ
航続：三四〇〇キロ
武装：一二・七ミリ×四
爆装：対地・対艦ロケット弾×四（小型のため主に対潜水艦用）

愚製艦上攻撃機『天山改二型』

※排気タービンを設置。武装強化・過給圧上昇。
※空力向上のためコックピットを完全涙滴化。
※燃料タンク大型化による航続距離増大。

設計：中島航空機
乗員：三名
全長：一〇・五メートル
全幅：一四・八メートル
速度：時速五四〇キロ
航続：二〇〇〇キロ（最大）
武装：一二・七ミリ×3
爆装：一〇〇〇キロ魚雷×1
発動機：三菱『火星』三三型空冷二一〇〇馬力

あとがき

えー、コスミックのノベルズでは、なかなか後書きをしない羅門ですが、今回は特別に書かせてもらいました。じつは本作品――平成愚連艦隊は、つい最近まで書く予定などなかったものなんです。そこらあたりのことを、弁解ついでに書きたいと思います。

書く予定ではなかった……ところが、ある日突然、頭の中で大官寺や雪之丞が騒ぎだし、止むに止まれず書いてしまった。あのまま時空の果てに飛ばされっきりではたまらんと、愚連艦隊員が怒ったわけです。

ですからこれは、作者のワガママというより、大官寺たちの怒りの波動に突き動かされ、勝手に作品になってしまったものですので、作者としても野放図に暴れられると大変なことになると思い、執筆中、なんとか彼らに小説としての枠をはめられないか、苦労に苦労を重ねました（まあ、これが遅れた言いわけなんだけど……）。

御存知の通り、旧作『独立愚連艦隊』は、彼らのやりたい放題にやらせた結果、とんでもない方向へと走ってしまいました。第一巻を書いた時には、マリアもアランもグランド親父も、すべて影も形もなかったんですから困ったもんです。

しかし魔王大官寺は、彼らを呼び寄せてしまった。今回も、独立愚連艦隊シリーズに対する鎮魂歌《レクイエム》にしようと画策したのですが、とてもそんな枠におさまる連中じゃない。例によって、まったく先の見えない展開になりつつあります。

そこで作者としては、今後も手綱を必死に握り締め、可能なかぎりマトモな小説に仕立てる所存ですが、果たしてうまく行くかどうか……なにせ時空どころか時間流すら飛び越え、全次元宇宙の世界遺産を守る艦隊だなんて、いったい何をやらかすつもりなんでしょう。

だいたい世界遺産保護任務なんて、編集さんも知っている通り、こんなもの、企画書には影も形もなかったぞ。羅門は企画書を書かずに、いきなり本文を執筆する作家として有名だけど、今回はしっかり企画書を書いている。そうでもしないと、とても制御しきれない連中だからだけど、やっぱり、すでに片方の足くらいは踏み外している。

はてさて、どうなることやら……そういえば、今回執筆にあたる課程で、面白いものを発見しました。それはなんと、『独立愚連艦隊』の企画書！　なんだ、旧作もきちんと企画書を書いていたんだ（完璧、忘れてた……）。その冒頭の言葉を、一部分抜粋してみると、次のようになります（日付は一九九七年一月となっているから、もう七年半も前のやつだ）。

『この物語は一巻一作の読み切り作品とし、なおかつ続編を容易に執筆できるよう設定しました。しかも、現在の架空戦記ジャンルの状況をふまえ、かなり個性的な作品になるよう設定したつもりです。

現状では、すでに史実に小さなＩＦを投入するタイプの架空戦記は出尽くし、現在あるものは荒唐無稽な特殊兵器を駆使する空想戦記か、重箱つつきに近いマニアックな戦記物が大半といえるでしょう。そうでない作品も、メカに重点を置く限り、似たり寄ったりになってしまっていると思われます。

そこでこの『独立愚連艦隊』は、視点を変えて並外れた人間の個性と必然性のある特殊メカの合体という、ほとんど架空戦記では試みられていない様式を取り入れてみました。具体的には、『第二次大戦の帝国海軍に、連合艦隊以外のイレギュラーな艦隊が存在したら』という発想をしてみたのです。

連合艦隊の主力艦隊には劣るものの、それなりの戦力を持った独立艦隊が、正規の海軍作戦に関与したら、どのように歴史が変わったであろうか……しかもその艦隊は軍の『爪弾き者』で構成されていて、歴史には残らない不正規軍だったら。つまり艦隊規模のごろつき集団が、あろうことか花の連合艦隊を助けてしまう、なおかつ対米戦争勝利のためのきっかけまで作ってしまうというものです。

具体的なイメージとしては、かつてテレビ番組として放映された『ギャリソン・ゴリラ』や、漫画の『ワイルドセブン』という作品が、このシチュエーションに近いものとなるでしょう。刑務所に入れられた男たちが、刑の免除と交換に特殊作戦に従事するというものです。それが兵役不適格者の新兵たちと合わさり、艦隊規模で、花形である連合艦隊を助け、戦争そのものまで勝利に導いてしまうという、まったくの痛快アクション娯楽架空戦記に仕立てる所存です』

な、なあんと、ぜんぜんっ、作品内容と違う！

これじゃ詐欺だ。よくもまあコスミックも、こんな企画書と仕上がった作品の違うものを出版してくれたもんです。

ということは……今回の本編もまた、企画書とは似ても似つかぬものになった可能性がある。それでもノベルズになったからこそ、皆さんがこうして読むことができる。ただひたすら、太っ腹なコスミック編集部に感謝ですね。

というわけで、どれくらいのシリーズになるか皆目見当がつきませんが、しばらくおつき合いくださいませ。


余談。本作品に登場する、現実世界と似たような名の持ち主たちは、すべて愚連世界のキャラクターであって、現実世界の某氏らとは似ても似つかぬものです。そこのところ、混同してはいけませんので、あえて蛇足として御注意申し上げます。ただ、羅聞氏に関しては、橋本純氏の作品『波動大戦』の羅聞キャラを参考にしています。

羅門祐人

この作品はフィクションであり、登場する国家、団体、人物等は、現実の国家、団体、人物とは一切関係ありません。

コスモノベルス

平成愚連艦隊《へいせいぐれんかんたい》

1 時空を駆ける魔王

著　者――羅門祐人《らもんゆうと》
発行者――杉原葉子
発　行――有限会社 コスミック出版
東京都文京区本郷3-43-18（〒113-0033）
TEL 03（5800）5290〔代表〕
FAX 03（5802）8661
発　売――株式会社 コスミックインターナショナル
東京都文京区本郷3-43-18（〒113-0033）
TEL 03（3814）7498〔代表〕
FAX 03（3814）1445
ホームページ　http://www.cosmicpub.jp
振替口座――00110-8-611382

印刷／製本―中央精版印刷株式会社

乱丁・落丁本は、小社へ直接お送り下さい。
郵送料小社負担にてお取り替え致します。
定価はカバーに表示してあります。